百里清吟

诗咏桐乡大运河

陈勇　陈梦佳　编

图书在版编目(CIP)数据

百里清吟:诗咏桐乡大运河/陈勇,陈梦佳编. —北京:中华书局,2025.4. —(桐乡大运河文丛). —ISBN 978-7-101-17026-9

Ⅰ. I22

中国国家版本馆 CIP 数据核字第 2025UY4405 号

书　　名	百里清吟——诗咏桐乡大运河
丛 书 名	桐乡大运河文丛
编　　者	陈　勇　陈梦佳
封面题签	徐　俊
丛书策划	许旭虹
责任编辑	许庆江
装帧设计	许丽娟
责任印制	管　斌
出版发行	中华书局 (北京市丰台区太平桥西里 38 号　100073) http://www.zhbc.com.cn E-mail:zhbc@zhbc.com.cn
图文制版	北京禾风雅艺文化发展有限公司
印　　刷	天津艺嘉印刷科技有限公司
版　　次	2025 年 4 月第 1 版 2025 年 4 月第 1 次印刷
规　　格	开本/710×1000 毫米　1/16 印张 16　字数 200 千字
国际书号	ISBN 978-7-101-17026-9
定　　价	98.00 元

序

中国是世界上著名的文明古国，这里的一切都渗透着一个“古”字。以县这个最基层的行政单位而论，自春秋战国开始陆续出现，到公元前221年秦始皇将县制推向全国，延续至今，已达两千多年。县的数量也由一千多增长到近三千。

就县龄而言，桐乡不算老，也不年轻，公元939年设县（乐史《太平寰宇记》），距今一千多年，初建时名崇德，县治设在义和市（今崇福镇）。到明宣德五年（1430），又一分为二，成崇德、桐乡二县，桐乡县治设在梧桐镇。到清代，因为崇德与清皇太极的年号相同，改名石门县，辛亥革命后改回原名。1958年，崇德县并入桐乡。1993年，桐乡又升格为县级市。

崇德成县虽不算早，却深得天时地利之便。它21岁时，就迎来了中华文化的巅峰期——宋朝，史学大师陈寅恪说：“华夏民族之文化，历数千载之演进，造极于赵宋之世。”当时的全国经济文化重心由黄河中下游南移至长江下游，而崇德县正地处长江之南、钱塘江之北，我国唯一贯通南北的大动脉京杭运河，穿县城而过，离南宋都城杭州仅一百来里，属京畿地区。宋高宗为抗金曾九次路过崇德，住了九夜，甚至就地办公，这在全国县级的历史上是绝无仅有的。

宋代的县，按人口多少分为八个档次：赤、畿、望、紧、上、中、中下、下。崇德属中，算是比较小的县，但是凭借大运河贯穿全境的优势，经济得到飞速发展，一年的商税总额达4000多贯，超过了太原府下属的三个畿县（太谷、交城、文水）的总和（《宋会要·食货一六》）。

与此同时，它在文化教育上也迅速赶上或超越一些早建千年的古县。以办学与考进士为例。公元1085年，崇德县开办了培养人才的县学，《县学记》由百科全书式的大家沈括所撰，大书法家米芾书写，这样的盛事在县级教育史上是十分罕见的。办学不到四十年，奇迹出现了，1124年，沈晦考上状元。宋朝共118科，288个府州1234个县，平均两个州分不到一个状元，崇德一县就占了一个。曾经是华夏文明中心地区的河东（今山西大部及陕北神木、府谷），在宋代有11个府州81个县，才出了两名状元。进士的总数，崇德一县竟然与整个河东不差上下。更令人惊讶的是，崇德莫家五兄弟先后考中了进士，五子登科的佳话，宋代三百多年仅出现过两例，另一例是福建建安范氏五兄弟。反观河东，有几科甚至颗粒无收，急得司马光向朝廷提议，给河东一些特殊优惠政策。从这一对比，可以看出新兴的崇德县竞争力是多么强大！

宋代崇德县的知名度颇高，南来北往的人士写的日记中经常会提到它。最早在日记中提及崇德县的是日本僧人成寻，他在《参天台五台山记》卷三说道，熙宁五年（1072）八月二十四日，乘坐杭州官员提供的大船，离开杭州到临平；二十五日经长安堰到崇德县，过夜；二十六日到秀州（嘉兴）。宋人日记中提及崇德县者有六种：赵鼎《丙辰笔录》绍兴六年（1136），郑刚中《西征道里记》绍兴九年（1139），周必大《归庐陵日记》隆兴元年（1163）及《南归录》乾道八年（1172），楼钥《北行日录》乾道五年（1169）与六年，陆游《入蜀记》乾道六年（1170）。赵鼎、周必大都是名相，楼钥为参知政事（副宰相），陆游是大诗人。他们的记载都是很有影响的。

还有一些没有紧迫事务的文人，他们经过崇德县时随时停留，观赏沿途美景，留下了许多诗篇。如书法家蔡襄，诗人陈与义、范成大、杨万里、叶绍翁，永嘉学派的代表人物叶适等均有咏崇德之诗流传于世。又，崇德离杭州甚近，大诗人苏轼曾与崇德县令周邠相唱和（《东坡诗集注》卷十二）。

宋代有大批镇市兴起，其中著名的有乌镇、青镇、石门镇等。乌镇、青镇隔河相对，河东为青镇，属崇德县；河西为乌镇，属湖州。乌镇、青镇本名乌墩镇、青墩镇，后避宋光宗赵惇讳，去掉墩字。镇虽分属两地，实际上融为一体，经济文化相当发达，其重要标志是修了镇志。桐乡地域宋代总共只修过两部镇志，其中之一即是《乌青记》（沈平撰）。

历史不会一帆风顺，蒙古铁骑踏碎了大宋社稷，华夏文化的高峰期中止了，社会开始走下坡路。当西方工业革命兴起时，清王朝却一味闭关自守，以致与西方的差距越拉越大，最终沦为半殖民地半封建社会。尽管如此，中华民族的文脉并没有断绝，而是顽强地延续下来。一百多年来，无数仁人志士艰苦奋斗，扭转了国运。特别是近几十年改革开放以来，国民经济飞速发展，中国迎来了新的辉煌期。桐乡又一次沾了天时地利的光，它地处经济高速发展的长三角地区，离大都市上海甚近。大运河之外又有高铁、高速公路贯穿全境，经济发展的势头强劲，多年来稳居全国百强县之列。在文化资源开发上也有非凡的成就。乌镇已是享誉海内外的名镇，世界互联网大会的永久举办地，是桐乡市一张耀眼的名片。

这里需要多说几句的是，桐乡还有另外一张名片，那就是千年古县城——崇德。我国目前尚有数以百计的古镇，至于更高一级的县城，就少得可怜了，用“寥若晨星”之类的词语都无法形容，北方只留下一座平遥县城，列入联合国世界遗产名录。江南已找不到一座完整的县城，七十多年来，在旧貌换新颜的浪潮中，一座座县城都变了样，而崇德县因为早就并入桐乡，县城降格为崇福镇，受影响比较小，保存了较多的旧貌。

县城与镇不同，它是一县的政治、经济、文化、宗教的中心，有城墙、护城河、县衙门、监狱、文庙、城隍庙等，都是镇所没有的。而作为江南的县城，又与北方的县城大不一样。崇德有护城河，平遥没有；城内有河有桥，平遥也没有。到过平遥县城的再看这里，自有别样味道，县城河网密布，可以坐船在城内外游览，观赏小桥流水、湖光塔影，无须走回头路。城内房屋皆沿河而筑，穿过保存完整的横街，便是一条条弄堂。一座不大的县城，竟然有七十二个半条弄。最窄处，仅够一人欠身而过。大运河从城中间穿过，河西是衙门和热闹的商业区，县衙西有崇福寺（西寺），今存金刚殿，前有两塔，塔内藏有吴越王的涂金小塔。河东则有文庙，1946年我就在那里上学，庙很宽敞，墙边放着米芾书写的碑。庙前有高大的牌坊，两旁有千年古银杏树，南有荷花池、宝塔，庙后有纪念吕留良的亭子，环境幽雅宁静，是读书的好地方。古代县学多设在文庙里，这里曾培养出许多进士和举人。

根据崇德现有的条件，再适当修复城墙等建筑，无疑会成为江南第一古县城，足以与北方的平遥媲美。

世界上一些文明古国，往往辉煌一时，便陨灭了。唯有中华文明，绵延数千年，任何外力割不断，砸不烂。华夏文化究竟有何魅力，会如此绵延不绝呢？许多海内外有识之士总想探个究竟，只是面对浩如烟海的中国古文献，不知道该如何下手。我觉得最简单的办法是，找一个县作为典型，仔细解剖一下，就能找见答案。正如俗话所说，一滴水珠能反映太阳的光辉。中共桐乡市委宣传部推出《桐乡大运河文丛》，从多个角度介绍全市的文化。当你看到一个刚过千年的县其文化已是那么厚重，那么精彩，就不难想象长达数千年的整个华夏文化是何等的惊人了。

李裕民

2023年11月19日

目　录

梧桐街道

石门镇

大麻镇

乡贤名彦

古迹名胜

藏书名楼

山水名园

古寺名刹

前言

御儿开国封侯，钱王置镇建县。吴风越韵，钟灵毓秀，自隋朝开通大运河，激活了桐乡这一方热土。逶迤大运河贯穿桐乡全境，在这片有着悠久历史文化的大地上，孕育出一代代文人骚客，他们饱含激情浪漫，肆意挥毫泼墨，抒写了桐乡的时代变迁，生动诠释了对这块生身之地的热爱。

与此同时，大量的文人络绎不绝，行吟桐乡。范成大夜宿乌镇，留下了《乌戍密印寺》；杨万里间道崇德，写下了《崇德道中望福严寺》；陈与义客居乌镇数载，广福庵成为他与叶懋、洪智谈禅论道的好所在；监石门酒税的黄榦，心系当地民众之疾苦。凡此种种，在他们的笔下，化为颂扬桐乡的佳句名作，这些诗篇也成为“运河诗路”桐乡段的精彩华章。

有鉴于此，笔者搜索前人吟咏桐乡运河两岸的人物、风貌等所作诗篇，采撷而成此书。

本书所录诗作，如有个人诗集的，则采其初刻本诗集；找不到初刻本的，则采《四库全书》《续修四库全书》《四库全书存目丛书》《四库禁毁书丛刊》等大型丛书；同时参酌《全宋诗》《全明诗》《两浙輶轩录》《两浙輶轩续录》《槜李诗系》《桐溪诗述》《双溪诗汇》《桐乡诗抄》《濮川诗钞》《石门诗存》以及各时代的府志、县志、镇志等书籍。

根据诗歌吟咏的对象，全书分为河畔名区、乡贤名彦、古迹名胜、藏书名楼、山水名园、古寺名刹六个部分。其中“乡贤名彦”章节所录诗作，皆为与桐乡乡贤相关的想念、怀念、吊亡、唱和之诗，而非这些乡贤自作诗。虽然这样做难度极大，但如此安排，有别于以往诗集中所收乡贤自作诗的做法，且所收乡贤也围绕大运河两岸的乡镇，而排除了非运河沿岸者。

书中所录诗作，大致按照朝代和年代先后排序，同一年代的，则按作者生年和科举年代。

在收集过程中，发现了一些原本错误的诗作，如明代张之象编纂的《唐诗类苑》将明代诗人张以宁的《崇德道中》误为唐代戴叔伦的作品；而范成大的《浯溪道中》也被多部县志纂为《语溪道中》，凡此种种，不一而足。

现在的桐乡，包含原属乌程县的乌镇，分属于嘉兴、秀水的濮院，原本属于德清后划入桐乡的大麻等，此书也一并列入。

本人水平有限，所选诗作难免有遗漏甚至错误，恳请各位读者大力斧正！

陈勇　陈梦佳

二〇二三年十二月

·河畔名区·

滔滔大运河自嘉兴东来，流入桐乡，蜿蜒曲折数十里，如母亲的臂弯呵护着桐乡大地。她流经乡野，穿越古镇，孕育了“鱼米之乡，文化之邦”。今日之桐乡，是千年宋韵浸润、历经沧海桑田的桐乡，风景这边独好！“濮绸故自侬家产，旖旎风光到处春。”濮院镇自南宋以来，商贾云集，日出万匹，衣被天下。元明之际，鲍恂、贝琼等结社濮院，诗词唱和，元末聚桂文会，致纪风土者目为乐郊。乌镇有梁昭明太子读书处，萧寺钟声，翰墨千载。面对半壁江山的陈与义，带着生命最后的沧桑和压抑，在乌镇写下了“杏花疏影里，吹笛到天明”这雄浑宛转又如此无奈的绝唱。“驿路迢迢送夕阳，石门湾口泊连樯。”运河如一条玉带横穿石门，宋时就有东西张园，雅士会集，曲水流觞。石门作为大运河沿岸一个繁华的古镇，自唐时即设石门驿，宋时为行幄殿。“吴越闽广孔道，贡赋漕挽，辖使四出。”古迹渊薮，罗家角遗址、吴越边界垒石弄、乾隆南巡大营等见证了古镇的沧桑。唐代诗人元稹“贡兼蛟女绢，俗重语儿巾”，蓝印花布在唐时已声名远扬。“水驿路穿儿店月，花船棹入女湖春”，唐代的崇福已是胜地。千年古城，文脉绵延不断，范成大“君不见，衣冠盛事今犹昔，前说燕山后崇德”，莫琮五子登科，成为流传千古的佳话。从大运河乘船自杭州来崇福的杨万里留下“睡起一河冰片满，槌琼擞玉梦中声”的诗句。

桨声灯影里，桐乡留下无数有关运河的文化瑰宝，这些千年古镇至今仍熠熠生辉，透过流传至今的诗词，我们仿佛能听见从辽远时空传来的山水清音，也能从氤氲墨色中感受到深邃的人文底色，等待着再添时代新墨。

濮院镇

“濮绸故自依家产，旖旎风光到处春。”濮院习称幽湖、梅泾、濮川。自宋以降，远方商贾聚集，遂成江南一大镇。濮绸名闻海内外，镇风尤好读书，文人辈出，聚桂文会、鲍贝结社、太平文会、泠枫诗社、《濮川诗钞》等名垂千古。

◎ 濮彦仁

濮彦仁，字仲温，桐乡濮院人。元至元中官吴中。筑桐香室、松月寮。

梅泾即事

泾居风景倍萧森，常有流莺送好音。

一夜雨余梅子熟，小庭香满伴清吟。

（《桐溪诗述》卷一）

◎ 宋　濂

宋濂（1310—1381），字景濂，号潜溪，别号龙门子等。世居金华，后迁浦江，落籍。元末曾寓居濮院。有《宋学士全集》。

梅泾花午

踏穿清浅水云奔，皓日当空雪满村。

可笑罗浮山上客，[①] 一枝明月醉黄昏。

（《槜李诗系》卷三十九）

◎ 贝　琼

贝琼（1312—1379），初名阙，字廷臣，一字廷琚、仲琚，又字廷珍，别号清江，崇德（今属桐乡）人。文章冲融和雅，诗风温厚之中自然高秀，足以领

① 罗浮山，位于岭南中南部，毗邻惠州西湖，被道教尊为天下第七大洞天、第三十四福地。

袖一时。有《清江贝先生文集》三十卷、《诗集》十卷、《诗余》一卷。

寓幽湖客舍

我无太古明星宅，白首西东寄此身。

已免崎岖投剑外，敢辞寂莫老江滨。

枇杷结子初肥雨，芍药留花不见春。

万古乾坤同逆旅，两山风月属诗人。

（《清江贝先生诗集》卷八）

◎江　汉

江汉，字朝宗，会稽（今绍兴）人。元季客吴中，途经崇德，濮氏延为上客。明洪武初以文学征授翰林编修，请老归，遂家于濮院。

濮川月夜清游歌

有客来扣门，邀我清夜游。

夜长苦不寐，夜游慰淹留。

于是仲冬十五夜，小星嘒嘒奎与娄。

乾坤上下绝尘滓，团圆月色如中秋。

恰如银盘出东海，照我毛发寒飕飕。

此时清兴发，与客相绸缪。

即从西街入，便至西河头。

行行渡溪曲，石梁跨清流。

鱼鳞万屋似城市，市廛行尽皆田畴。

我行兴已尽，客指归路休。

归去语妻子，此时足清幽。

不知百龄内，夜夜得此不。

生平不作不平事，游时不觉心优游。

（《槜李诗系》卷六）

◎ 方孝孺

方孝孺（1357—1402），字希直，一字希古，号逊志，浙江宁海人。洪武三十一年（1398），入京任翰林侍讲，又升翰林学士。建文四年（1402）被杀。有《逊志斋集》。

泊舟幽湖

十载飘零一梦中，桃花依旧艳东风。

濮家旧院今何在，到处机杼说女红。

（《（民国）濮院志》卷四）

◎ 项　忠

项忠（1421—1502），字荩臣，号乔松，浙江嘉兴人。正统七年进士，官至兵部尚书。

入濮院路

行尽御儿泾，[1]才过语儿亭。将军钲鼓静，母子笑谈宁。

破国霜千树，还家月一庭。明朝载酒出，鸥鹭满洲汀。

（《桐溪诗述》卷二十三）

◎ 岳和声

岳和声（1569—1630），字尔律，一作之律，号石梁、梁父、餐微子，濮院人。万历二十年（1592）进士，官至延绥巡抚，有政声。有《淡漠集》二卷、《餐微子集》三十卷。

幽湖泛月

芦阴疏复密，柳色断还连。明月已如此，长河益渺然。

淡宜西子载，凉喜北风便。数点鸥飞处，歌声起市廛。

（《（民国）濮院志》卷四）

◎ 钱　载

钱载（1708—1793），字坤一，号萚石，又号瓠尊、壶尊，晚号万松居士，浙江秀水（今嘉兴市秀洲区）人，乾隆十七年（1752）进士，官至礼部左侍郎。有《萚石斋诗文集》。

---

① 御儿泾，即崇德，春秋时为吴越边界之地，称御儿。

濮　院

滩空堪洗足，[①] 巷小自鸣机。

已过挑青节，[②] 垂杨冷不飞。

（《萚石斋诗集》卷二）

◎ 顾　修

顾修（1773—?），字仲欧，号松泉，又号菉厓，浙江石门（今属桐乡）人，后移居桐乡，诸生。藏书楼名“读画斋”。汇刻有《读画斋丛书》《汇刻书目初编》。有《南宋群贤小集》《读画斋学语草》《百叠苏韵诗》。

自鸳鸯湖泛艇梅花泾上（选一）

一路风沙有客过，一声欸乃竹枝歌。

问谁曾向旗亭醉，学绣村边烟雨多。[③]

（《菉厓诗钞》）

◎ 岳廷枋

岳廷枋（1787—1848），字仲瑜，号小坡，濮院人。有《醉六居诗草》。

---

① 洗足滩，传说西施洗足处，其北有范蠡坞。

② 旧注：“禾俗于清明夜食螺蛳曰挑青。”

③ 学绣村，据传西施曾在此学绣，故得村名。旧有学绣堰、学绣塔。

过梅花泾怀古

日暮天气凉，北风落遥野。行行梅泾曲，憩坐古兰若。[①]

忆昔元运终，天地若聋哑。双贤此潜踪，[②]悠游联吟社。

岂知茅屋低，乃是佐命者。一朝登云去，回轮扶大雅。

人生当盛年，譬若过隙马。卒然风露零，岁月岂我假。

咄咄念前途，浪浪泪盈把。出门一回望，潭影向人泻。

（《（民国）濮院志》卷四）

◎ 沈孔键

沈孔键，字南谷，号小罗浮山人，清乾隆年间濮院人。布衣诗人。有《小罗浮山人诗钞》《柴门诗钞》。

槜里怀古

柴辟亭空夕阳下，[③]长水南来碧天泻。

土人犹说古由拳，[④]掘地千年拾遗瓦。

春秋陈迹无处寻，苍烟一片芦蒿深。

霸图赫赫今何在，惟闻越鸟为吴音。

（《濮川诗钞·柴门诗钞》）

---

① 兰若，寺庙，即梵语“阿兰若”音译的省称。

② 双贤，指元末刘基、宋濂，二人曾寓濮院。

③ 柴辟亭，在今桐乡市西南崇福镇东南。《汉书·地理志》：会稽郡由拳县：“柴辟，故就李乡，吴、越战地。”

④ 由拳，古县名。秦始皇三十七年（前210）改长水县为由拳县（县治今嘉兴南），属会稽郡。吴黄龙三年（231）改为禾兴县，赤乌五年（242）春正月，立和为太子，因避太子“和”字讳，改为嘉兴县。

乌镇

乌镇有“中国最后的枕水人家”之美誉。“泽国人烟一聚间，时看华屋出林端。”乌镇原以市河为界，分乌、青二镇，古称乌戍、青墩，因扼水运咽喉，又被誉为“江浙通衢”。宋室南渡，户口日繁，人烟稠密，备东南之形胜，具吴越之风韵。至明中期，“财赋所出，甲于一郡”。百业兴旺，商贸繁盛，“宛然府城气象”。白墙黑瓦，小桥流水，雕梁画栋，青石板、乌蓬船，见证了乌镇的历史沧桑。

◎ 陈与义

陈与义（1090—1139），字去非，号简斋，登政和三年（1113）上舍甲科，历翰林学士、知制诰、参知政事。有《简斋集》。

青墩看牡丹

一自边城入汉关，十年伊洛路漫漫。[①]

青墩溪畔龙钟客，[②]独立东风看牡丹。

（《简斋集》卷十三）

◎ 立虚舟

立虚舟，生卒年不详。宋时乌镇普静寺僧。

乌戍屯兵

乌戍屯兵知几年，到今灵迹尚依然。

春风巷陌多华丽，落日楼台屡变迁。

溪藻影沉思北隐，野梅相动忆西禅。[③]

招鼋咒歇神僧去，[④]上智潭空起暝烟。[⑤]

（《重修乌青镇志》卷五）

---

① 伊洛，伊水和洛水，指洛阳地区。

② 青墩，指青镇。

③ 西禅，指密印寺。

④ 鼋，即鳖。传说有神僧能以咒语在上智潭招鼋。

⑤ 上智潭，在乌将军庙前。

◎楼　钥

楼钥（1137—1213），字大防，又字启伯，号攻愧主人，明州鄞县（今浙江宁波市鄞州区）人。隆兴元年（1163）进士，官至参知政事，提举万寿观。有《攻愧集》《北行日录》等。

乌戍道中

田在港西家港东，断桥春水步难通。

束芦挈瓮稳来往，不碍小船分钓筒。

（《攻愧集》卷七）

◎宋伯仁

宋伯仁（1199—？），字器之，号雪岩，湖州（今属浙江）人，或曰广平（今属河北）人，嘉熙年间为盐运司属官。有《雪岩吟草》《西塍稿》《梅花喜神谱》等。

夜过乌镇

望极模糊古树林，湾湾溪港似难寻。

荻芦花重霜初下，桑柘阴移月未沉。

恨别情怀虽恋酒，送衣时节怕闻砧。

夜航船上山歌意，说尽还家一片心。

（《两宋名贤小集》卷三四七之《西塍续稿》）

◎善　住

善住，字无住，别号云屋。元人。曾居吴都之报恩寺。工诗，有《谷响集》行世。

车溪道中（选一）

客里蹉跎岁月阑，水边杨柳尚平安。
夜来已作还乡梦，满目西风客棹寒。

（《谷响集》卷三）

◎高　岳

高岳，字彦高，明洪武间荐知云阳县。罢官后流寓嘉兴。

寓青镇

南亭桥下水无波，[1]独客扁舟试一过。
抚景自惭佳句少，思亲还恨别情多。
东风燕子穿花雨，落日渔郎起棹歌。
却上高篷望西北，青山云影共嵯峨。

（《桐溪诗述》卷二十三）

① 南亭桥，即今乌镇市河上南花桥。

◎ 潘　蕃

潘蕃（1438—1516），初冒钟姓，后复姓潘，字廷芳，号愚叟，崇德（今桐乡石门镇）人。成化二年（1466）进士。授刑部主事，历官员外郎、郎中，后任安庆、郧阳知府，贵州左参政，山东、湖广左右布政使，弘治九年（1496）以右副都御史巡抚四川，迁南京兵部右侍郎，又改刑部，进右都御史，总督两广，正德元年（1506）仕至南京刑部尚书。

早发青溪过九里松

扁舟发车溪，①相将九里许。不见旧时亭，青松绕遗址。

逶迤皂林塘，②岧峣乌戍寺。③行行难久留，怀古吟未已。

欲极游览情，斜阳下山尾。

（《槜李诗系》卷十）

◎ 王守仁

王守仁（1472—1529），本名王云，字伯安，号阳明，又号乐山居士，浙江余姚人。弘治十二年（1499）进士，官至南京兵部尚书、左都御史。有《王文成公全书》。

乌镇晚泊

风雨乌溪晚，停舟问旧游。

烟花春欲尽，惆怅绕溪头。

（《重修乌青镇志》卷五。《（乾隆）乌青镇志》认为此诗存疑，姑录）

---

① 车溪，指乌镇市河。

② 皂林塘，指运河。

③ 乌戍寺，指密印寺。

◎ 沈明臣

沈明臣（1518—1596），字嘉则，别号句章山人，晚号栎社长，鄞县（今宁波市鄞州区）人。有《丰对楼诗选》《越草》《荆溪唱和诗》《吴越游稿》《通州志》等。

晚泊乌镇

乌溪流碧水，[1]青汉结丹霞。编户余诸邑，江村欲万家。

大帆收估客，老树集啼鸦。我亦来弭棹，行吟到日斜。

（《丰对楼诗选》卷十六）

◎ 祁彪佳

祁彪佳（1603—1645），字虎子，一字幼文，又字弘吉，号世培，别号远山堂主人，山阴（今绍兴）人。天启二年（1622）进士。官至右佥都御史巡抚苏松。有《远山堂剧品》《远山堂曲品》《远山堂诗集》《祁忠敏公日记》等。

乌镇回舟得帆字

残霞落水送征帆，浊酒淹人换旧衫。

看去林光依棹远，浮来波影入杯衔。

禅那独解皈三乘，[2]骚雅闲征共一函。

梦入西湖重有约，冷泉亭畔探巉岩。[3]

（《远山堂诗集·七言律》）

---

① 乌溪，代指乌镇。

② 三乘，即“声闻乘”“缘觉乘”“菩萨乘”，又名小乘、中乘、大乘。

③ 冷泉亭，在杭州灵隐寺山门之左。

◎ 卓人月

卓人月（1606—1636），字珂月，杭州塘栖（今属临平区）人，崇祯八年（1635）贡生。著有《蕊渊集》《蟾台集》等，辑有《古今词统》。

泊乌镇不寐作

逆风逗归期，今夕寄浅港。月出人不知，闭户若螺蚌。

远寺灯微明，未罢老僧讲。自嗟有情痴，谁赐德山棒。[①]

搔首无所聊，得句投敝甀。须臾喔喔声，荒鸡引其项。

（《蕊渊集》卷三）

◎ 陆　圻

陆圻（1614—？），字丽京，一字景宣，号讲山，钱塘（今属杭州）人。有《从同集》《威凤堂文集》等。

风雨过乌戍

昨宵泊鹰脰，[②]今此近南浔。[③]四野寒烟阔，三江新涨深。

景阳曾苦雨，子建亦愁霖。何况停桡客，乡思泪不禁。

（《威凤堂文集·五言律诗》）

---

① 德山棒，与“临济喝”并称，出自唐代德山宣鉴禅师。

② 鹰脰，湖名，位于江苏省吴江市，以湖形似莺脰得名。

③ 南浔，镇名，今湖州市南浔区，明清时期为江南丝绸名镇。

◎韩　骐

韩骐（1694—1754），初名绳祖，字其武，号筠圃，晚号补瓢。吴县（今苏州）人，贡生。有《补瓢存稿》。

乌镇晚泊

风势旋低碧浪闲，疏云漏日照渔湾。
千艘自逐往来客，一水平分吴越山。
耕读人家烟树里，蚕桑事业水云间。
狂游自与春风约，客梦乡心两不关。

（《补瓢存稿》卷一）

◎杭世骏

杭世骏（1695—1773），字大宗，号堇浦，别号智光居士、秦亭老民、春水老人、阿骏，浙江仁和（今属杭州）人。乾隆元年（1736）举博学鸿词科，官御史。有《道古堂文集》《道古堂诗集》《榕桂堂集》等。

乌　戍

苍凉西北栅，①六邑一湾通。②远树归帆隔，斜阳戍垒空。
风流思九老，③憔悴依孤篷。回首吴趋路，荒荒有朔风。

（《道古堂诗集》卷四）

---

① 西北栅，原指乌镇西、北两水路上的栅栏，代指西北两街。
② 六邑，指乌镇地处“三郡六邑”即乌程、归安、石门、桐乡、秀水、吴江、震泽交汇处。
③ 九老，即乌镇于明代永乐年间由九位耆老如漏瑜、赵爔等组成的饮酒赋诗老年同道。

◎吴　骞

吴骞（1733—1813），字槎客，一字葵里，号兔床、愚谷，晚年别署齐云采药翁，浙江海宁人。贡生。建“拜经楼”，聚书数十万卷。有《愚谷文存》《拜经楼诗话》《拜经楼文集》《拜经楼诗集》等。

小寒食同兰坻乌青泛舟即事（选一）

触棹和风杏酪香，[1]拂檐轻燕为谁忙。

乌青戍畔双流水，[2]迸照桃花到夕阳。

（《拜经楼诗集》卷四）

◎胡　敬

胡敬（1769—1845），字以庄，号书农，浙江仁和（今属杭州）人。嘉庆十年（1805）进士。官翰林院编修、侍讲学士。有《崇雅堂诗钞》。

乌　镇

宿雨新添涨一篙，临平山色望中遥。

顺风帆影捷于马，下水船声喧若潮。

黄竹排篱低界道，碧溪分汊暗通桥。

黄昏饱饭芦边宿，准记行程第一宵。

（《崇雅堂诗钞》卷四）

---

① 杏酪，即杏仁粥，为寒食节食品。
② 双流水，即乌镇十字形的车溪和雪溪。

◎ 张应昌

张应昌（1790—1874），字仲甫，号寄庵，浙江归安（今湖州市南浔区）人，后改籍钱塘（今杭州）。嘉庆十五年（1810）举人，任内阁中书。有《国朝正气集》《国朝诗铎》《补正南北朝史识小录》等。

乌戍薄暮

斜阳淡沱媚晴川，银色鳞云卵色天。

一幅宋元人小景，泥金毫染石青笺。

（《彝寿轩诗钞》卷九）

◎ 周向青

周向青，字苏门，钱塘（今属杭州）人。清嘉庆十二年（1807）举人，官汉阳知县。有《句麓山房诗草》。

过乌戍喜晴

朔风猎猎喜初晴，客里惊心节序更。

终岁悲欢成白首，几人出处为苍生。

微茫树色如行稿，呕哑田歌此正声。

从古以诗多物感，叩舷不觉壮怀倾。

（《句麓山房诗草》卷三）

梧桐街道

“桐溪一曲抱村流，乔木人家溪上头。”自明宣德五年（1430）析崇德县置桐乡县，梧桐即为县治所在。城东有水名“桐溪”，即为梧桐雅称。

◎仇　远

仇远（1247—1326），字仁近，一字仁父，钱塘（今属杭州）人。元大德年间任溧阳儒学教授。有《金渊集》《兴观集》《山村遗集》《无弦琴谱》《稗史》等。

泊桐乡

雪晴霜树胜春红，回首临平杳霭中。

正是诗人栖稳处，青山明月满归篷。

（《山村遗集·今体诗》）

◎吴与弼

吴与弼（1391—1469），初名梦祥，字子傅，号康斋，抚州府崇仁县（今属江西）人。有《日录》《康斋集》。

桐乡舟中

两日劳劳昼梦长，斜风细雨度桐乡。

卧薪自是男儿志，何事寥寥数越王。

（《康斋集》卷五）

◎朱逢吉

朱逢吉，字以贞，号懒樵，崇德（今桐乡）人，明洪武初年授宁津知县，升湖广佥事，补陕西佥事，召为大理寺右丞，修国史。后升右副都御史，复任大理寺右丞，转任左丞。有《牧民心鉴》《童子习》等。

桐乡夜织

桑柘绿阴肥，千村翳夕晖。机声交轧轧，灯火竞辉辉。

贾客留金去，儿郎出市归。喜输官赋足，谁复叹无衣。

（《（光绪）石门县志》卷十下）

◎杨　述

杨述（1404—1454），字宗道，号兰谷，秀水濮院（今属桐乡）人。永乐二十一年（1423）解元，官至辽府长史。有《兰谷集》。

桐溪一曲图

桐溪一曲抱村流，乔木人家溪上头。

故老剩传诗记在，昔年曾见凤凰游。

寻常看画心先往，七十悬车愿始酬。

蹇我平生饶访古，扁舟三日为君留。

（《桐溪诗述》卷二）

◎谢廷谅

谢廷谅（1551—？），字友可，又称谢大，号九紫、九紫山人，江西省金溪县人。万历二十三年（1595）进士。历官至顺庆（今四川南充）知府。有《清晖馆集》、《薄游草》、《千金堤志》（与周孔教合撰）等。

过桐乡怀何康侯

唱和篪埙逸思催，羊何千载得追陪。[①]

西堂忽梦池边草，东阁忻逢洞里梅。

天柱云山供拄笏，帝城烟景惜衔杯。

玉堂英妙堪谁并，引领鸳班鹤盖回。

（《薄游草》卷之九）

◎ 彭孙贻

彭孙贻（1615—1673），字仲谋，一字羿仁，号茗斋，自称管葛山人，浙江海盐人。有《茗斋诗文集》《茗斋诗余》《茗斋杂记》《彭氏旧闻录》等。

桐乡夜泊

桐乡无限绿，桑柘抱城湾。微雨冷秋色，清溪明客颜。

岸花村径暝，船火夜渔还。遥指青帘下，提壶叩竹关。

（《钦定古今图书集成·方舆汇编》第九百六十六卷）

◎ 周　篔

周篔（1623—1687），初名筠，字青士、公贞，号筜谷、筜谷人。嘉兴人。布衣。编有《词纬》《今词综》《乐章考索》。有《采山堂集》《析津日记》《投壶谱》等。

---

① 羊何，原指南朝宋时的羊璿之和何长瑜，后泛指一起游乐的文友。

日暮还桐乡作

轻风初峭得回舲，旦暮劳劳此再经。
草际日曛高下坂，津前云落短长亭。
冯唐只逢伤头白，阮藉何人见眼青。
家事未能全敕断，虎溪空约叩禅扃。[①]

（《采山堂集》卷五）

◎ 顾嗣立

顾嗣立（1665—1722），字侠君，号闾丘，江苏长洲（今属苏州）人。康熙五十一年（1712）进士，授知县。有《闾丘诗集》。

舟泊桐乡口占二绝（选一）

语儿溪畔草如茵，[②]陌上熏风糁曲尘。
急欲归来问杨柳，不知绿到几分春。

（《闾丘诗集》卷十）

◎ 方　薰

方薰（1736—1799），字兰士，一字懒儒，号兰坻、兰如、兰生、长青、樗庵，别署语儿乡农，浙江石门（今属桐乡）人。有《山静居诗稿》《山静居词稿》《山静居遗稿》等。

---

① 虎溪，在江西省九江市南庐山东林寺前。相传晋慧远法师居此，送客不过溪。

② 语儿溪，崇德县古称。春秋时为吴越边界之地，称御儿。镇东有南沙渚塘，古称语儿中泾，又称语儿溪。

早春发桐乡

牵袂怜娇稚，随人欲上桡。到家才卒岁，为客又今朝。
水绿春初动，林寒雪未消。回头溪岸转，心绪已无聊。

（《山静居遗稿》卷二）

◎朱　炎

朱炎，初名琰，字桐川，号笠亭，海盐人。清乾隆三十一年（1766）进士，官阜平知县。有《湖楼集》《枫江集》《瀛洲集》《湖东集》等。

至桐乡

女阳亭外路，[1]梅落雨初晴。野色平于掌，桐花开正荣。
暗香随客棹，流水到孤城。对此波光好，难禁叹逝情。

（《桐溪诗述》卷二十四）

◎郭　麐

郭麐（1767—1831），字祥伯，号频伽，又号白眉生、郭白眉，一号邃庵居士、苎萝长者，江苏吴江人。乾隆四十七年（1782）补诸生。后移居浙江嘉善。有《灵芬馆诗集》《蘅梦词》《浮眉楼词》《忏余绮语》等。

---

① 女阳亭，即语儿亭，相传句践入官于吴，夫人从，道产女于此亭，今属濮院。

雨中过桐乡

树色苍茫宿雾轻，痴岚隔处见层城。

孤蓬睡足连江雨，二月都无一日晴。

语燕流莺如梦里，新蒲细柳可怜生。

江南春老方回病，肠断新诗作未成。

（《灵芬馆诗集·初集》卷一）

石门镇

“驿路迢迢送夕阳，石门湾口泊连樯。”京杭大运河一带如玉，横穿全镇。春秋战国时，吴越垒石为门，划定疆界，故得名“石门”。石桥相勾连，人家尽枕河。吴根越角，钟灵毓秀，罗家角遗址、东西张园等见证了古镇的历史沧桑。

◎黄　榦

黄榦（1152—1221），字直卿，号勉斋，闽县人。以荫补官，历任监石门酒库，知新淦县、汉阳军等，后召为大理丞，不拜。有《勉斋集》。

石　门

吴越天下富，京畿游侠乡。陇亩尽膏腴，第宅皆侯王。

世言苏湖熟，霑丐及四方。自我来石门，触目何凄凉。

清晨开务门，有酒谁复尝。累累挈妻子，汲汲求糟糠。

父老称近年，十载尝九荒。聚洛成丘墟，少壮争逃亡。

（《勉斋集》卷四十）

◎方　回

方回（1227—1307），字万里，号虚谷，徽州歙县人。景定三年（1262）进士。官知严州。有《桐江集》《桐江续集》《续古今考》。

过石门

麦田下种稻田干，秋尽江南亦未寒。

水净风微船牵慢，莼花蕰草尽堪看。

（《桐江续集》卷十三）

◎ 方　澜

方澜（1263—1339），字叔渊，莆阳（今福建莆田）人。隐居吴中。有《方叔渊遗稿》一卷，顾嗣立选十五首，题《叔渊遗稿》。

石门夜泊

积雨莫天豁，炊烟隔林起。人喧落帆处，野语新月里。

桑径绿如沃，麦风寒不已。一夕舟相衔，扰扰利名子。

（《元诗选初集》卷四十七）

◎ 张　翥

张翥（1287—1368），字仲举，晋宁（今山西临汾）人。有《蜕庵集》。

次石门驿

投老复行役，江湖秋兴悲。舣舟黄落处，欹枕黑甜时。

燕闰归何晚，鸥晴浴故迟。不妨无事饮，聊遣有情痴。

（《蜕庵集》卷二）

◎ 都　穆

都穆（1458—1525），字符敬，号南濠先生，苏州吴县人。弘治十二年（1499）进士，官至太仆少卿。有《周易考异》《使西日记》《游名山记》《史补类抄》等。

舟次石门

读罢新篇如觌面，石门知有几番游。

小舟暮坐清闲甚，落日蝉声碧树头。

（《桐溪诗述》卷二十三）

◎ 谢廷柱

谢廷柱，字邦用，号双湖，福建长乐人。明弘治十二年（1499）进士，历官至湖广按察司佥事。有《双湖集》。

夜泊石门

斜阳皂林驿，[1]暗月石门桥。雨禁桑难叶，烟封柳未条。

客怀空耿耿，春事竟寥寥。今夜舟中梦，闽山翠欲飘。

（《御选宋金元明四朝诗》卷五十四）

◎ 姚 鹏

姚鹏，字鸣南，崇德（今桐乡）人。明弘治十五年（1502）进士，官至山东布政使。

玉湾春晓

一曲清江饮玉虹，车尘马迹往来通。

笙歌断续韶光里，楼阁参差烟雨中。

---

① 皂林驿，京杭大运河桐乡段一驿站，始设于宋。

渔唱时闻杨柳月，酒旗斜挂杏花风。
泠泠金磬知何处，路入云山翠几重。

（《槜李诗系》卷十一）

◎ 仲弘道

仲弘道，一作仲宏道，字开一，号改庵，桐乡濮院人。清顺治三年（1646）拔贡，官知县。有《理峄拙言》《增定史韵》《读史小论》等。

石门行

忆昔太平日，石门行李稠。茧缫石门丝，机纺石门绸。
夹岸烟柳茂，商贾群嬉游。岂知楚闽乱，师过无时休。
道傍植戈戟，亭角挂铠鍪。夜深星月灿，远近闻箜篌。
闾阓半移徙，有巷风飕飕。牛考谁与策，犬放无人收。
昔年歌舞地，零落成荒邱。可怜红襟燕，飞飞犹远投。
空梁栖复去，似欲求其俦。悲鸣令人老，哀惨为酸眸。
呜呼师所至，生棘长如楸。庶几严约束，民得归田畴。

（《濮川诗钞·瓯香集》）

◎ 吴之振

吴之振（1640—1717），字孟举，号橙斋，别号竹洲居士，晚年又号黄叶老人、黄叶村农，浙江石门（今桐乡）人。康熙时举贡生，以赀为内阁中书科中书，不赴任。与吕留良等合编《宋诗钞》一百零六卷，收录百余家秘本。有《黄叶村庄诗集》及后集、续集，为其子侄所编。另有《德音堂琴谱》等。

过语溪觅叠石拒越处不得

金精炎炎销石髓，苔滑寒陂酸屐齿。
痴龙守户醉不醒，灵岩洞壑开青紫。
老桂蟠拏护讲堂，还是当年旧宫址。
竹风蕉雨响空廊，仿佛笙歌檐外起。
布帆十幅挂西风，百里官塘语溪水。
昏鸦点点归虚村，酤酒系船枯树根。
凭栏吊古夕阳没，荒烟鬼火摇精魂。
人言此地界吴越，叠石周遭号石门。
丽谯井干杳何所，女墙雉堞无一存。
感慨兴亡浮大白，无端枨触来胸膈。
纪目坡前好种瓜，①由拳城外看收麦。
漫灭虫书断甓砖，兽面弩牙土花碧。
牧童拾得相诧问，藏弆萧斋伴书格。
宛转西施白玉床，绮疏夜静流荧光。
珠盘酾血凌上国，黄池高会夸雄强。

① 纪目坡，位于桐乡市凤鸣街道内天花荡北，也名纪目墩，传说是吴王夫差的刀兵冢。

梧桐秋冷蟋蟀怨，中宵噩梦悲傍徨。

家国有忠兼有佞，员也未诛嚭也进。

累囚怨楚昔同仇，恃宠争妍死不休。

脱令庙算无遗策，深宫燕好终无尤。

黄金铸蠡亦何益，吴固失矣越未得。

转眼六王恣并吞，瓯闽七十二小国。

自古兴亡合有时，弗将罪案归蛾眉。

女阳亭上垂垂柳，岁岁春风恨别离。

（《黄叶村庄诗集》卷七）

◎王昶

王昶（1725—1806），字德甫，号述庵，又号兰泉，江苏青浦（今属上海）人。乾隆十九年（1754）进士，官刑部右侍郎。有《春融堂集》。

石门镇

秋水鸳湖路，凉风薄暮天。残灯临驿市，寒笛隔溪船。

桑柘萧萧雨，菰蒲漠漠烟。披衣清露下，吟望意翛然。

（《桐溪诗述》卷二十四）

◎ 徐志升

徐志升，字景南，号此堂，浙江武康（今德清县）人。清乾隆年间廪贡生。历官平湖教谕、绍兴府训导、临海县训导。

玉溪晚泊

重到维舟处，溪流失旧痕。市喧惊晓梦，艇窄逼朝暾。

好友多为客，诸生半在门。苍茫寻古迹，故垒已无存。

（《桐溪诗述》卷二十四）

◎ 李调元

李调元（1734—1803），字羹堂，号雨村，别署童山蠢翁，四川罗江县人。乾隆二十八年（1763）进士，官至广东学政。有《童山诗集》《曲话》《剧话》。

石门道中

崇德片帆过，停舟问土风。人家桑柘外，村市竹林中。

雪落遥知鹭，霞横近似虹。东吴栖泊久，渐已作吴侬。

（《童山诗集》卷五）

◎ 许瑶光

许瑶光（1817—1881），字雪门，号复斋，晚号复叟，湖南善化（今长沙）人。道光二十九年（1849）拔贡。官至嘉兴知府。有《雪门诗草》。

泊玉溪镇

溪烟笼月碧纷纷，野店灯明两岸分。
斜倚孤舟探夜色，疏林寒犬吠春云。

（《雪门诗草》卷十一）

◎ 潘　华

潘华，字棻卿，海宁人。清道光间人，廪贡生，官秀水训导。

玉溪道中

水鸟冲烟时一鸣，微茫沙渚夕阳明。
林腰云抹诗情幻，山髻花浓媚态生。
地险似过严子濑，路长不见越王城。
如何上巳繁华近，独向危溪乱石行。

（《两浙辅轩续录》卷二十）

崇福镇

“一湾碧水流，船到语儿溪。”崇福古名语儿（或御儿）、语溪。后晋天福四年（959）设置崇德县，元升为州，明仍为县。清朝改为石门县，民国改回崇德县。1958年并入桐乡，原县治改为崇福镇。作为千年县城，崇福钟灵毓秀，人杰地灵。北宋最后一位状元沈晦，莫琮五子登科，大儒辅广遗韵仍在，天盖遗民吕留良风骨犹存，一代诗人吴之振驰名文坛，崇文厚德之风绵延不绝。孔庙、吕园、文壁巽塔，风采依旧，“七十二条半”弄堂，保留着历史记忆。

◎徐　凝

徐凝，睦州（今属浙江桐庐）人。唐元和中进士，官至金部侍郎。工诗。有《徐凝诗》一卷。

语儿见月

几处天边见新月，经过草市忆西施。

娟娟水宿初三夜，曾伴愁蛾到语儿。

（《槜李诗系》卷三十七）

◎蔡　襄

蔡襄（1012—1067），字君谟，兴化军仙游县（今福建省仙游县）人。宋仁宗时进士，官至端明殿学士，出知杭州。有《茶录》《荔枝谱》《蔡忠惠公文集》。

崇德夜泊寄福建提刑章屯田思钱塘春月并游

夙昔神都别，于今浙水遭。故情弥切到，佳月事追遨。

太守才贤重，清明土俗豪。犀珠来戍削，征鼓去啾嘈。

湖树涵天阔，船旗罥日高。醉中春渺渺，愁外夕陶陶。

新曲寻声倚，名花逐种褒。吟亭披越岫，梦枕觉胥涛。

论议刀矛快，心怀铁石牢。淹留趋海角，分散念霜毛。

鲈鲙红随箸，[1]泷波渌满篙。[2]试思南北路，灯暗雨萧骚。[3]

（《端明集》卷六）

◎杨万里

杨万里（1127—1206），字廷秀，号诚斋，自号诚斋野客，吉州吉水（今江西省吉水县）人。绍兴二十四年（1154）进士，官至吏部员外郎秘书监。有《诚斋集》《杨文节公诗集》《诚斋诗话》。

衔命郊劳使客船过崇德县（选一）

北关落日送船行，[4]欲到嘉兴天已明。

睡起一河冰片满，槌琼撒玉梦中声。

（《诚斋集》卷二十七）

◎张　镃

张镃（1153—1235），字功甫，号约斋。寓居临安（今浙江杭州），卜居南湖。官司农寺丞。有《南湖集》《仕学规范》《玉照堂词》。

崇德道中（选一）

破艇争划忽罢喧，野童村女闯篱边。

---

① 自注："予之吴江。"
② 自注："君住严泷。"
③ 萧骚，形容风吹树叶等的声音。
④ 北关，杭州运河边之北关市集，系"钱塘八景"之一。

令人说着苏堤路，花满清明画鼓船。

（《南湖集》卷七）

◎ 叶绍翁

叶绍翁（1194—1269），字嗣宗，号靖逸，龙泉（今属浙江）人。有《四朝闻见录》《靖逸小集》《靖逸小稿补遗》。

过崇德

野塍泉自注，断岸柳空存。雨霁云开塔，船过犬吠门。

柴扉斜著水，草径别通村。翻羡田家乐，盈盈老瓦盆。

（《靖逸小集·卷一》）

◎ 朱南杰

朱南杰，字学吟，丹徒（今属江苏）人。宋嘉熙二年（1238）进士。官清流知县。有《学吟》一卷。

泊崇德

堰未抵长湖，先从古县过。诗舟寻旧岸，酒市鬻新歌。

傍水人家密，依山僧寺多。夷犹观未足，无奈月明何。

（《南宋群贤小集》第二册《学吟》）

◎ 陈必复

陈必复，字无咎，号药房，闽县人。宋淳祐十年（1250）进士。有《山居存稿》。

舟行崇德

落日挂征帆，西风客袂单。灯明村店近，船重水程宽。

芦蓼作秋意，汀洲生晚寒。钟声烟外寺，山色梦中看。

（《（光绪）石门县志》卷十下）

◎ 黄　玠

黄玠，字伯成，号弁山小隐，元庆元定海（今属浙江舟山）人。晚年乐吴兴山水，卜居弁山。有《弁山集》《知非稿》《弁山小隐吟录》等。

语溪夜泊

语儿溪上柳，日暮生春愁。昔年侍阿母，曾此系行舟。

孝养苦不足，生理非故丘。临风洒客泪，付与水东流。

（《弁山小隐吟录》卷一）

◎ 周致尧

周致尧，字焕文，初名棐，元人。先世自四明迁居崇德州石门镇，曾为宣公书院山长。有《石门集》。

登崇德城有感

溪上孤城百雉余，城门犹自护储胥。
灞陵空宿将军骑，范叔应随使者车。
鸡犬萧条兵过后，渔樵散漫市休初。
老年触事多成感，闲向芭蕉叶上书。

（《石仓历代诗选》卷三百八十八）

◎张以宁

张以宁（1301—1370），字志道，号翠屏山人，福州府古田（今属福建宁德）人。元泰定四年（1327）进士，由黄岩判官进六合尹，累官至翰林侍读学士。明洪武元年（1368）授翰林侍读学士，次年出使安南，三年，及还，道卒。有《春秋春王正月考》《翠屏集》等。

崇德道中

暖日菜花稠，晴烟麦穗抽。客心双去翼，归梦一扁舟。
废塔巢双鹳，长波漾白鸥。关山明月到，怆恻十年游。

（《翠屏集》卷二）

◎屠　隆

屠隆（1543—1605），字长卿，一字纬真，号赤水、鸿苞居士，浙江鄞县（今宁波市鄞州区）人。万历五年（1577）进士，官礼部郎中。有《由拳集》《白榆集》《栖真集》等。

语溪渔棹

浩荡语儿港，峰峦写烟状。

凉风含疏树，落日生轻浪。

高霞照水空，渔舟坐天上。

（《（万历）崇德县志》卷十）

◎ 邹迪光

邹迪光（1550—1626），字彦吉，号愚谷，无锡人。万历二年（1574）进士。官至湖广提学副使。有《调象庵稿》《郁仪楼集》等。

过语溪一名语儿泾

春日水泠泠，春风泛杳冥。独乘鄂君舫，忽到语儿泾。

绿鸭临沙净，黄鱼入市腥。川涂去无恙，吾意快扬舲。

（《调象庵稿》卷九）

◎ 邓原岳

邓原岳（1555—1604），字汝高，号翠屏，福建闽县人。万历二十年（1592）进士，官至湖广按察司副使。有《西楼全集》。

语溪道中

草色行看尽，客途真可怜。扁舟还水国，平野即桑田。

柳叶冲寒放，桃花弄日妍。春光原自好，恨只隔山川。

（《西楼全集》卷三）

◎文德翼

文德翼（1604—约1675），字用昭，一字灯岩，江西德化（今属九江）人。崇祯七年（1634）进士，官嘉兴推官。有《雅似堂文集》《雅似堂诗集》等。

在语溪

溪中澹春日，溪上草微茸。遐瞩古原田，中或寄丘垄。

傍垄鲜杂植，惟见桑条拱。条柔不任栖，鸟下时为悚。

摩肩畚溪泥，桑根各为拥。去春违雨湿，撷叶家家恐。

今春妇子嬉，畔野走相踵。柏病正直冯，罗拜祝晴蛹。

剪褚如鞶索，粢盛更承胛。怜幸得缕丝，完税安夏种。

（《雅似堂诗集》卷五）

◎曹　溶

曹溶（1613—1685），字秋岳，一字洁躬，亦作鉴躬，号倦圃，浙江秀水（今嘉兴）人。崇祯十年（1637）进士，官御史。入清后官至广东布政使。有《崇祯五十宰相传》《刘豫事迹》《倦圃莳植记》《静惕堂诗集》等。

语溪夜泊

春水西回拍岸冰，重裘不寄冷难胜。
心穷进退兵戈阻，行遍燕吴岁月增。
宿鸟依人喧过槛，烟峦作雨暗孤灯。
千年霸国今存否，自向渔樵数废兴。

（《百名家诗选》卷九）

◎ 朱彝尊

朱彝尊（1629—1709），字锡鬯，号竹垞，又号醧舫，晚号小长芦钓鱼师，别号金风亭长，秀水（今嘉兴市）人。康熙十八年（1679）举博学鸿词科，授翰林院检讨。有《曝书亭集》《日下旧闻》《经义考》《明诗综》等。

语溪道中

小县初成市，经春罢荷戈。陂塘湖水缓，桑柘石门多。
入馔鹅儿酒，愁人阿子歌。[1]蒲帆十八幅，一半客经过。

（《曝书亭集》卷二）

◎ 徐嘉炎

徐嘉炎（1631—1703），字胜力，号华隐，秀水（今嘉兴）人。康熙十八年（1679）国子监生，被荐举博学鸿词科，试列一等，授检讨，官至内阁学士兼礼部侍郎。有《抱经斋诗集》《说经》《谈史》。

---

① 旧注："见吴兢乐府解题。"

语水秋夕

语水当秋夜，严更北斗陈。绮罗娇送客，箫鼓杂迎神。

叶落栖乌起，风高过雁频。凉生新雨后，徙倚独愁人。

（《抱经斋诗集》卷七）

◎郑　梁

郑梁（1637—1713），字禹梅，号寒村，浙江慈溪人。康熙二十七年（1688）进士，官至广东高州知府。有《寒村诗文选》。

语溪夜雨

南北东西鸟失林，一年忽已暮侵寻。

应酬多处难成句，血气衰来懒费心。

竟夜雨声清四壁，有生风味出孤衾。

划然遂发苏门啸，[①]不是途穷不择音。

（《寒村诗文选·五丁诗稿》卷三）

◎孙　淦

孙淦（1640—1700），字静紫，一字担峰，河南辉县人。康熙二十一年（1682）进士，官内阁中书。有《担峰诗》。

---

① 苏门啸，语出《晋书·阮籍传》，以“苏门啸”指啸咏。亦比喻高士的情趣。

石门道中

虎啸禅林小折幽，一湾竹树绕红楼。

摩云雏鹘饥方健，扑地条桑冻愈柔。

篦引长竿拾蛤蜊，烟生隔岸贩虾䱇。

石门欲住谋沉醉，酒榷仍存古制不。

（《担峰诗》卷之二）

◎ 查慎行

查慎行（1650—1727），初名嗣琏，字夏重，号查田，后改名慎行，字悔余，号他山，杭州海宁（今属嘉兴）人。康熙四十二年（1703）进士，授翰林院编修。有《敬业堂诗集》《查初白诗评十二种》等。

冬晓语溪舟中

江乡已牢落，冬候更萧条。风叶鸣孤树，霜溪影一桥。

沿塘收蟹簖，远市插鱼标。雀鼠何多耗，年荒尔独骄。

（《敬业堂诗集》卷二十三）

◎ 曹三德

曹三德，字安道，号日亭，海宁人，原籍海盐县。清康熙三十九年（1700）进士，官内阁中书。著有《东山偶集》，辑有《历代尺牍》。

过语水

一雨结寒绿，孤篷泊语溪。烟围城角冷，水拥市桥低。

人影黄花外，秋情红蓼西。离家才百里，乡梦转凄凄。

（《国朝杭郡诗辑》卷八）

◎钱　匡

钱匡，字剑威，海宁人，清康熙间人，布衣。有《竹斋遗稿》。

夜宿石门道中

疏星残月起徘徊，浪起西风荡缆开。

点点秋萤明草际，声声夜柝转城隈。

沿湖簏为收虾去，近簖灯因捕蟹来。

我亦客中难睡着，放船不待晓钟催。

（《国朝杭郡诗续辑》卷二十二）

◎舒　位

舒位（1765—1816），字立人，号铁云，自号铁云山人，直隶大兴（今属北京）人，长于吴县（今江苏苏州）。乾隆五十三年（1788）举人，曾寓乌镇十数年。有《瓶水斋诗集》《乾嘉诗坛点将录》等。

语溪送春曲

青春堂堂啼杜宇，落花无言战风雨。

女阳亭下好烟波，愁杀红裙采兰女。
采兰消息春三时，东风无力吹游丝。
碧纱如烟暮云合，无晴有晴君不知。
此时望远催归急，雨雨风风春九十。
陌上桑青蚕欲饥，烟中树绿莺愁湿。
吴娘一曲是耶非，[1]子夜潇潇白纻衣。
毕竟人归归未得，翻教风雨送春归。

（《瓶水斋诗集》卷三）

◎ 贝青乔

贝青乔（1810—1863），字子木，号无咎，自署木居士，吴县（今江苏苏州）人。有《半行庵诗存稿》《咄咄吟》。

石门道中

烟雨空蒙际，欹帆过秀州。柳堤通水驿，桑陌出城楼。
赛社丝开市，[2]祈年麦报秋。翻教饥馑后，缓税得无愁。

（《半行庵诗存稿》卷六）

---

① 吴娘一曲，古歌曲名。传为古歌妓吴二娘作。
② 赛社，旧俗。一年农事完毕后，陈酒食以祭田神，相与饮酒作乐。

◎ 王庆勋

王庆勋（1814—1867），字叔彝，号椒畦，上海人。附贡生，官严州（今建德）知府。有《诒安堂集》《诒安堂二集》《诒安堂诗余》等。

石门道中

诗梦如鸥稳，春心共鸟闲。桑林难觅路，城影半遮山。
细雨响篷背，寒风酸枕间。橹声鸣欸乃，幽兴未阑珊。

（《诒安堂二集》卷六《兰言室集》下）

◎ 俞　樾

俞樾（1821—1907），字荫甫，自号曲园居士，浙江德清人。道光三十年（1850）进士，任翰林院编修，后任河南学政。有《春在堂全书》等。

九月十六日舟泊石门薄暮雨雪积寸许时距霜降甫十日耳诗以志异

才看佳节过重阳，六出飞来太觉狂。
青女司霜兼及雪，黄花傲雪甚于霜。
观时已悟坚冰至，卜岁还愁晚稻伤。
薄暮石门城外泊，御寒赖有酒盈觞。

（《春在堂诗编》卷十五）

◎ 赵之谦

赵之谦（1829—1884），初字益甫，号冷君；后改字抝叔，号悲盦、无闷等，会稽（今浙江绍兴）人。历任鄱阳、奉新、南城知县。有《悲盦居士文》《悲盦居士诗》《勇庐闲诘》。

舟泊石门忆事有作（选一）

黄叶村庄路莫知，[①]当时坏壁剩题诗。

阶前片石曾无主，偏有人争吴六奇。[②]

（《晚晴簃诗汇》卷一百五十七）

◎ 李慈铭

李慈铭（1830—1894），初名模，字式侯，后改今名，字爱伯，号莼客，会稽（今浙江绍兴）人。光绪六年（1880）进士，官至山西道监察御史。有《湖塘林馆骈体文抄》《白桦绛跗阁诗初集》《重订周易小义》《越缦堂词录》《越缦堂经说》《越缦堂日记》。

雨中过秀州晚泊石门闻歌（选一）

自别秦青断酒尊，[③]黄昏擪笛倍销魂。

可知今夜三千里，细雨孤帆宿石门。

（《白华绛跗阁诗集》卷辛）

---

① 黄叶村庄，指吴之振所筑别墅。

② 吴六奇（1607—1665），广东海阳县人，清开国功臣，传说绉云石系由吴六奇赠与海宁查家，后归福严寺。

③ 秦青，传说为战国时秦国人，善歌，以教歌为业。

◎ 王国维

王国维（1877—1927），初名国桢，字静安、伯隅，初号礼堂，晚号观堂，又号永观，浙江海宁人。有《海宁王静安先生遗书》《红楼梦评论》《宋元戏曲考》《人间词话》《观堂集林》《古史新证》《曲录》《流沙坠简》。

过石门

我行迫季冬，及此风雨夕。狂飙掠舷过，声声如裂帛。

后船窘呼号，似闻楼搒折。孤怀不能寐，高枕听淅沥。

须臾风雨止，微光漏舷隙。悠然发清兴，起坐岸我帻。

片月挂东林，垂垂两岸白。小松如人长，离立四五尺。

老桑最丑怪，亦复可怡悦。疏竹带轻飔，摇摇正秀绝。

生平几见汝，对面若不识。今夕独何夕，着意媚孤客。

非徒豁双眸，直欲奋六翮。此顷能百年，岂惜长行役。

（《静庵文集·附静庵诗稿》卷一）

大麻镇

“大小两麻村，中藏万家坞。”大麻古称麻溪，大运河穿境而过。旧时镇北运河南岸有吴王庙，系宋室南渡时为纪念吴王孙权所建。清乾隆帝沿运河南巡，均在此泊舟。运河边的德政寺木鱼声声，钟鼓阵阵，实乃典型的江南水乡。

◎陈　基

陈基（1314—1370），字敬初，台州临海（今属浙江）人，曾为张士诚召为江浙右司员外郎，后迁学士院学士。有《夷白斋稿》。

大　麻

大小两麻村，中藏万家坞。树连遥山云，草滴茅亭雨。

地利本宜农，民风乃尚武。欲问汉文翁，[1]何时复淳古。

（《夷白斋稿》卷四）

◎鲁　渊

鲁渊（1319—1377），字道源，号本斋，淳安人。元至正十一年（1351）进士，官至浙江儒学提举。有《春秋节传》《策府枢要》。

用宇文兵火后过大麻韵

千里乡关忆锦沙，十年兵火光桑麻。

离鸿夜月思中泽，旧燕春分失故家。

鼓角城边农尚战，干戈村落妇还嗟。

风尘浩荡无南北，始信吾身未有涯。

（《全元诗》第五十九册）

① 汉文翁，汉庐江郡舒县人，景帝时为蜀郡守，政绩卓著，后世用为称颂循吏。

◎ 黄省曾

黄省曾（1490—1540），字勉之，号五岳山人，吴县（今江苏苏州）人。嘉靖十年（1531）举人。有《申鉴注》《西洋朝贡典录》《五岳山人集》。

晚泊麻溪望皋亭临平德清诸山周览吴王庙宫一首

落日澹川晖，凝霏迥霄色。列山秀遐迩，重峦恍空谧。

目寓一以佳，情来讵能抑。瑰奇志栖词，茫淼想攀适。

辍枻戾麻渚，跻野践桑域。土风悦新览，乡庙伫昏历。

虽泯三鼎业，犹余千载迹。慨昔成此章，明灯咏芳夕。

（《五岳山人集卷》第七）

◎ 宋咸熙

宋咸熙（1766—？），字德恢，号小茗，仁和（今浙江杭州）人。嘉庆十二年（1807）举人，官桐乡教谕。辑有《桐溪诗述》，著有《思茗斋集》《耐冷谭诗话》。

大麻舟行

百里程途易往还，大麻村过近乡关。

扒篷急向船头立，先见塘西一朵山。[1]

（《思茗斋集》卷十）

① 塘西，即今杭州市临平区塘栖镇，系宋咸熙家乡。

◎丁 丙

丁丙（1832—1899），字嘉鱼，号松生，又号松存，别署钱塘流民、八千卷楼主人等，钱塘（今浙江杭州）人。著有《墨林挹秀录》《松梦寮诗稿》，辑有《武林掌故丛编》《武林往哲遗著》《杭郡诗》《西湖集览》等。

无 题

大麻溪水发源长，实古仙姑得道乡。①

俗厚风纯宜寿考，春官徐老祝康强。②

（《三塘渔唱集》卷中）

---

① 仙姑，大麻相传为麻姑仙子筑台炼丹得道处。

② 春官徐老，指明代官礼部祭司主事的大麻徐九龄。

·乡贤名彦·

浩浩汤汤的大运河哺育了一代又一代桐乡人。赵汝愚忧国爱民，为官清廉；“客子光阴书卷里，杏花消息雨声中”，是陈与义赠与乌镇人叶懋、洪智的千古佳句。辅广、张履祥入祠孔庙，是读书人最高的荣耀。风雅的种子落在运河边上，深入桐乡人的骨子里，历代名人如繁星点点。

◎袁 燮

袁燮（1144—1224），字和叔，庆元府鄞县（今浙江宁波）人。举进士，官至礼部侍郎兼侍读。有《絜斋集》《絜斋家塾书钞》等。

挽丞相忠定公[①]

孝皇龙飞策多士，宗英第一天颜喜。

力言万事实为原，要与邦家立基址。

堂堂硕望耸中外，耿耿丹心贯终始。

绍熙之末天步艰，忠臣义士肝胆寒。

元枢扶日上黄道，指顾宗社磐石安。

亿万生灵疑虑释，转移愁叹为欣欢。

帝谓忠劳无与并，爰立作相专魁柄。

大开公道延时髦，相与同心究民病。

区分玉石殊薰莸，贤人得志憸人忧。

不堪狂云巧妒月，何意积羽能沈舟。

衡阳道上霜松劲，日色惨澹风飕飕。

行路咨嗟泪相续，兴怀安靖恩难酬。

皇情怆然思旧德，辨诬雪谤分白黑。

诛锄元恶氛翳扫，招揭殊勋鼎彝勒。

---

① 忠定公，即赵汝愚（1140—1196），原籍饶州余干（今江西余干县），南宋建炎间迁居崇德县洲钱（今浙江桐乡洲泉镇）。宋孝宗乾道二年（1166）中进士第一，官至参知政事，右丞相。有《忠定集》《太祖实录举要》《宋朝诸臣奏议》。

由来物理屈必伸，况此柱石真伟人。

莱公获谴死海上，[1]至今勋绩摩苍旻。

中兴赵李二人杰，[2]亦复身后褒忠纯。

嗟尔谗夫太无识，徒把巧言污硕德。

正人摧折不妨荣，尔辈羞愧宁有极。

蚤知此事悔难追，当年讵敢怀奸欺。

我作此诗慰忠烈，因为人间息邪说。

（《（光绪）石门县志》卷十下）

◎ 张廷济

张廷济（1768—1848），原名汝林，字顺安，又字作田，号叔未，浙江嘉兴新篁人。嘉庆三年（1798）解元。有《叔未金石文字》《清仪阁所藏古器物文》《眉寿堂集》《桂馨堂集》。

宋蔡子正祭酒怡堂诗用陆子高和守韵为蔡少峰锡恭赋[3]

祭酒遗堂和守咏，御儿古邑世称褒。

鹰冠持节凌霜简，虎观传经振彩毫。[4]

---

① 莱公，宋代寇准封莱国公，故称。

② 赵李，宋赵鼎与李纲的并称。

③ 蔡子正，即蔡辟（？—1226），字子正，崇德县（今属桐乡）人。嘉定三年（1210）除太学正，迁博士同知高邮军，入丞太常兼兵部郎官，未几，任监察御史。召拜国子祭酒，卒于官。

④ 虎观，白虎观的简称。泛指宫中讲学处。

自昔荆华千乘茂，到今珠树五云高。

蕙兰又竞高门秀，背扈江蓠赋楚骚。

（《桂馨堂集》卷五）

◎陈　造

陈造（1133—1203），字唐卿，高邮人。淳熙二年（1175）进士，历官迪功郎、繁昌知县、定海知县、浙西路安抚司参议官。有《江湖长翁集》。

次韵陆子高[①] 子高归乡里去甚匆匆，有诗见赠因次韵留之

一从别君来，圆缺几望舒。相与兄弟然，异姓殊厥居。

向来帆归船，欲去仍趑趄。平安可但已，拟凭双鲤鱼。

两地邈千里，二年能几书。了知故人意，记忆犹勤渠。

当君访甓社，[②]值我留南徐。[③]参辰巧相避，终冀或起予。

扣户听剥啄，果尔不作疏。属者久契阔，兹焉不踌躇。

甚欲挽袖留，扣子万卷储。子家老嗣宗，三赋陵相如。

阿戎青出蓝，万壑赴归墟。宸廷奉大对，百辐财一纾。

有偕仲补衮，无取辛引裾。俯视汉诸公，彼馁此有余。

① 陆子高，即陆埈（1155—1216），字子高，崇德（今桐乡）人。绍熙元年（1190）进士，授滁州教授，移两浙转运司干办公事。开禧二年（1206）除国子录。三年，迁校书郎。嘉定元年（1208）迁秘书郎，三年，通判和州，改摄濠州。改知和州，养士厉俗，修仓浚河。有《益斋集》。

② 甓社，湖名，在江苏高邮市西北（高邮西北乡）。

③ 南徐，古代州名。东晋侨置徐州于京口城，南朝宋改称南徐，即今江苏省镇江市。

置之不吾即，欲刃捐礲礸。南台复西掖，高位为谁虚。
未须芹藻地，脱口枪佩琚。平时交游间，别酒惯搀袪。
如君可畏敬，且复同乡闾。求全待补劓，涉险资闲舆。
滔滔多面朋，着眼增欷歔。视我若浼然，于君何赖与。
愿言风谊重，暇计日月除。许寻十日盟，妙论穷终初。[①]
治具有赤脚，抄诗戒小胥。安得方角轮，一昔生君车。

（《江湖长翁集》卷四）

◎张　扩

张扩（？—1147），字彦实，一字子微，德兴人。崇宁间进士。官中书舍人，迁擢左史，再迁而掌外制。有《东窗集》。

次韵莫养正县丞独游钱塘南北山[②]

老丞拄笏中了了，坐阅云阴变昏晓。
何为两脚苦未停，意在高山知者少。
昨日春从湖上归，颇觉沙鸥已驯扰。
游人但迟箫鼓来，滓秽清虚亦何好。
君今独行真得计，自有青螺如髻绕。

① 旧注：“子高初来已欲作十日留。”
② 莫养正，即莫蒙，字养正，宋青镇（今桐乡乌镇）人。徽宗宣政间游太学，淳熙间以特科出仕。曾为县丞。有《卧驼集》十卷，已佚。另有《语溪集》。

归来古锦开诗葩，笔下纵横发天巧。
遨头旧属罗浮伯，半夜春风鸣騕褭。
至今湖山索价高，妙语须君时一扫。
虽然愿君且努力，挂冠归休未宜早。
要当千户享封殖，岂但全家荷温饱。
此时还乡头未白，万钱买山慰潦倒。
摩挲拄杖不相忘，更伴重峦细穷讨。

（《东窗集》卷二）

◎ 葛天民

葛天民，字无怀，宋越州山阴（浙江绍兴）人，徙台州黄岩（今属浙江）。有《无怀小集》。

寄辅汉卿①

忆杀平生辅汉卿，武夷山里话寒更。
不知新岁还家未，白发冲冠有几茎。

（《两宋名贤小集·无怀小集》）

---

① 辅汉卿，即辅广（约1145—约1220），字汉卿，号潜庵。宋崇德人。师事吕祖谦和朱熹。嘉泰年间归里，筑传贻堂教授学生，学者称其为传贻先生。

◎方　回

（方回见前）

次韵张师道庆予七十[①]伯淳翰林直学士予告

斋沐披来卷，焚香道主臣。误蒙玉堂老，垂顾草庐人。

帝所闻韶奏，朝廷掌制纶。属请长孺告，肯逐子云贫。

公伫登翘馆，吾惟钓富春。骨将埋塚墓，心敢望陶钧。

百岁倒七指，万形归一尘。庄生真浪语，岂有八千椿。

（《桐江续集》卷二十一）

◎赵孟頫

赵孟頫（1254—1322），字子昂，号松雪道人，又号水晶宫道人。吴兴（今浙江省湖州市）人，官至翰林学士承旨。有《松雪斋集》等。

游乌镇次韵千濑长老[②]

泽国人烟一聚间，时看华屋出林端。

已寻竹院心源净，更上松楼眼界宽。

千古不磨唯佛法，百年多病只儒冠。

---

① 张师道，即张伯淳（1242—1302），字师道，号养蒙，崇德人。咸淳七年（1271）进士。曾监临安府都税院，升观察推官，授太学录。入元后，荐授杭州路儒学教授，历浙东道按察司知事、福建廉访司知事。至元二十九年（1292）授翰林院直学士，同修国史。进阶奉训大夫，改任庆元路总管府治中，受命清理衢（今衢州）、秀（今嘉兴）两地刑狱，颇有政绩。大德四年（1300）拜翰林侍讲学士。次年护驾进都入朝。卒后谥文穆。与赵孟頫为中表，人物相望。有《养蒙斋集》。

② 千濑长老，元代乌镇无住庵僧。

相逢已定诗盟了，他日重寻想未寒。

（《松雪斋集》卷五）

◎沈　存

沈存，字肯堂，元云间（今上海松江）人。

怀友人俞伯贞[1]

去年秋风卷黄埃，美人跃马沙边来。

今年秋雨洒白日，美人远上黄金台。[2]

黄金台下燕山道，漠漠寒云接衰草。

雁飞不断青天长，长使征人路傍老。

美人美人胡不归，清霜凋尽珊瑚枝。

临风三叹思欲绝，悲莫悲兮生别离。

（《大雅集》卷二、《乾坤清气集》卷六）

◎谢应芳

谢应芳（1295—1392），字子兰，号龟巢，常州武进（今属江苏）人。有《辨惑编》《龟巢稿》《怀古录》《毗陵续志》。

---

① 俞伯贞，即俞镇，字伯贞，元崇德（今桐乡）人，习朱、辅之学，为传贻书院山长。延祐间官至建德路知事。门人私谥"学易先生"。

② 黄金台，古台名，又称金台、燕台。故址在今河北省易县东南北易水南。相传燕昭王筑以延请天下贤士。

寄鲍仲孚提举[1]

风雨萧萧五月凉，阶前书带草应长。

心传千古文章印，名重诸公翰墨场。

官舍看山闲拄笏，斋居扫地静焚香。

野夫别后遥相忆，一榻青苔两鬓霜。

（《龟巢稿》卷七）

◎陈　雷

陈雷，字仲容，号桧亭，元末明初天台（今属浙江）人，或曰嘉兴人。有《窳庵集》。

早春寄周致尧[2]

百年身世浑如寄，何处他乡是故乡。

柳态正须春弄色，梅花自与雪生香。

扬雄寂寞玄犹白，贺监风流醉亦狂。

倘许胜缘同晚岁，梨林风致即柴桑。[3]

（《元诗选》三集）

---

① 鲍仲孚，即鲍恂，字仲孚，崇德（今桐乡）人。元元统间，浙江乡试第一，荐为平江教授、温州路学正，皆未就任。顺帝至元元年（1335），登进士第。荐为翰林，亦婉辞。洪武间年逾八十，命为文华殿大学士，以老疾力辞。学者称“西溪先生”。有《西溪漫稿》。

② 周致尧简介见前。

③ 梨林，致尧所居之地。

◎ 程本立

程本立（？—1402），字原道，号巽隐，崇德（今桐乡）人，宋儒程颐之后。洪武九年（1376）举明经、秀才，任周王府礼官、王府长史，谪为云南马龙他郎甸长官司吏目。后征入翰林院，预修《明太祖实录》，擢升都察院右佥都御史。建文四年（1402）六月十三日，燕王朱棣渡江攻入京师，本立悲愤自缢。有《巽隐集》十卷。

酬和腊日值雪次贝先生二十韵[①]

霰零初淅沥，雨洒复廉纤。只道花如絮，那知木有盐。

乱飘随满地，斜舞巧穿帘。父老惊银瓮，儿童得玉蟾。

汤泉应已冻，火井讵能炎。一气何舒惨，群黎任爱嫌。

垣墉堆易圮，坑坎积逾添。鹅鸭隍池静，貔貅府卫严。

夜窗贫展卷，晓漏误传签。休矣门谁立，昭乎阙自瞻。

昆仑愁折柱，华岳恐埋尖。晴色先浮瓦，寒声或堕檐。

蜀蛆疑石化，海鼠只冰潜。坐食惭仓庾，啼饥叹里阎。

阳春君寡和，岁酒我先拈。瑶草将持赠，琼茅试用占。

贡犀知物远，赐锦望恩沾。宫额看梅缀，农情待麦蕲。

梁园诸客盛，[②]司马独才兼。却笑烹茶者，家姬未属厌。

（《巽隐集》卷二）

---

① 贝先生，即贝琼，简介见前。

② 梁园，即梁苑，西汉梁孝王的东苑，借指皇室宅第园林。

◎管　讷

管讷，字时敏，松江府华亭人。明洪武中征拜楚王府纪善，迁左长史。有《蚓窍集》。

病后喜雨谢同寅纪善贝季翔见过[1]

夜月忽离毕，今晨雨滂沱。秋声落庭树，水气没池荷。

岂云三伏中，感此凉意多。神清体自适，顿然释烦疴。

明当谒公馆，仰谢数经过。

（《御选宋金元明四朝诗》卷十九、《蚓窍集》卷二）

◎王　绂

王绂（1362—1416），字孟端，别号友石生，无锡人。官至中书舍人。有《王舍人诗集》等

酬朱逢吉先生见寄韵[2]

圣主銮舆事北巡，山川皆被宠光新。

荣当扆跸叨清职，忝预丝纶愧昔人。

丰采未瞻闻誉久，缄题先寄见情真。

近知松桂凌寒好，毕竟均沾雨露春。

（《王舍人诗集》卷四）

① 贝季翔，即贝翱，字季翔，贝琼子，明崇德人，以明经官楚府纪善。有《平淡集》。
② 朱逢吉，简介见前。

◎ 史　谨

史谨（元末明初在世），字公谨，号吴门野樵，昆山人。官应天府推官。有《独醉亭集》三卷。

送程原道[①]

一剑东还旧路微，寸心遥逐五云飞。

只缘霄汉沾恩久，转觉烟霞入梦稀。

蜀道猿声随去骑，关河秋色上征衣。

悬知别后怀君处，吟倚层楼送夕晖。

（《御选宋金元明四朝》卷一百四、《独醉亭集》卷二）

◎ 汪应轸

汪应轸，字子宿，号清湖，浙江山阴人。明正德十二年（1517）进士，官至江西按察佥事。有《清湖先生文集》。

题张叔美同年寿图时叔美年五十五有五子六孙[②]

年过知非又五年，风尘久矣谢林泉。

渊明有子元非拙，王氏诸孙早自贤。

月影纷时湖上醉，花阴重处日高眠。

何当过我山阴道，同上耶溪贺老船。[③]

（《青湖先生文集》卷十二）

---

① 程原道，即程本立，简介见前。

② 张叔美，即张屿，一作张玙，字叔美，明崇德人（今崇福），正德进士，授南京刑部主事，忤权要去官，家居三十余年，以诗文自娱。有《南溪集》。

③ 耶溪，即若耶溪。

◎龙　霓

龙霓，字致仁，号西溪，南京牧马千户所籍，明弘治九年（1496）进士。官浙江按察佥事。

宴王伯雨罗春亭[①]

芳亭新构却秋灯，秋月春光到处明。

假使百年同绮席，胜如千载奠盈樽。

玉山且倒生前醉，金谷谁题身后名。

欲向西皇问消息，桑田沧海几番更。

（《吴兴艺文补》卷五十七）

◎许相卿

许相卿（1479—1557），字伯台，号云村老人，杭州海宁（今属嘉兴）人。正德十二年（1517）进士，官兵科给事中。有《史汉方驾》《革朝志》《校正海昌续志》《云村文集》等。

再别吕东汇[②]

涉历危途次水村，支离病骨傍人门。

满林枫叶秋声碎，四壁寒蛩夜语繁。

---

① 王伯雨，即王济（？—1540），字伯雨，号雨舟，晚更号白铁道人，乌程（今乌镇）人。以太学生授广西横州判官，编《君子堂日询手镜》，著有《浙西倡和》《谷应水南词》《花蕊夫人宫词》和《白铁道人集》。

② 吕东汇，即吕希周（约1540年前后在世），字师旦，号东汇，崇德人，嘉靖五年（1526）进士，授户部主事，改工部，出督清江浦漕运，荐擢兵、刑二部员外郎。历吏部文选司郎中，迁右通政、左通政。后遭弹劾，卒于家。有《东汇诗集》。

客况春温怀地主，邻家社防忆乡园。

卜携便觉情无限，回首霜空欲断魂。

（《云村集》卷二）

◎陈　寰

陈寰（1477—1539），字原大，号琴川，常熟人。正德六年（1511）进士，官南京国子监祭酒。有《琴溪集》《续修国子监志》《清瀛杂纪》等。

周给事中昆求百岁堂诗[1]

造物分明厚此翁，年逾百岁懋清风。

气钟灵秀回光岳，福享隆长颂考终。

至行穹苍知孝道，高名湖海望仙踪。

谏垣得学承家庆，[2]奕世余芳衍不穷。

（《（光绪）石门县志》卷十下）

◎孔天胤

孔天胤，字汝锡，号文谷，又号管涔山人，汾州（今山西汾阳）人。明嘉靖十一年（1532）榜眼，官至浙江布政司参议。有《文谷集》《霞海篇》等。

---

① 周给事中昆，即周昆，字孟登，崇德人。明嘉靖进士。官玉山、进贤知县，威惠并行。升至刑科都给事中。

② 谏垣，指谏官官署。代指周昆。

毗卢阁上同沈惟远作[①]（选一）

支离同极楚乡愁，懒散还能作伴游。
逃暑暂凭高阁霁，凌风聊假四天秋。
斜阳坐落青山树，片月看生绿水洲。
朝市茫茫宁有此，谪来翻共尔淹留。

（《孔文谷诗集》卷一）

◎施　峻

施峻（约1550年前后在世），字平叔，归安（今湖州）人。明嘉靖十四年（1535）进士。官南刑部郎中，出知青州府。工诗，有《琏川诗集》。

沈翔卿转北部郎[②]

吴下沈休文，为郎自不群。雄心悬宝剑，逸思入春云。
北极祥光近，南天曙色分。江行足幽赏，烟木正氤氲。

（《琏川诗集》卷三）

---

① 沈惟远，即沈宏，字惟远，崇德（今桐乡）人。明嘉靖十四年进士，授比部郎，擢广西副使，升广东按察使。有《芹溪吟稿》。

② 沈翔卿，即沈应龙（1499—约1554），字翔卿，号少吴，乌程县（今桐乡乌镇）人。嘉靖十四年进士，历刑部主事、郎中，进为右副都御史，巡抚山东，升南京刑部右侍郎，遭弹劾，回籍听用。有《恤刑录》《平番议》《安南职贡议》《抚黎议》《山东奏议》。

◎ 吕希周

（简介见前）

酬造士余龙津过草庐索诗[①]

黄芝白检绛河津，时见时乘五色新。

仙史昭回青采采，虞图开曜字鳞鳞。

神灵不数波三种，汪爽应同汉八荀。

自喜吕光荒遁地，景云犹绕汇之滨。

（《东汇诗集》卷七）

山水歌酬宋石门画东汇图见赠[②]

君不见，五岳峻极高于天，支分天目凌云烟。

又不见，五湖汪濊通震泽，流波震撼乾坤坼。

山水东来汇为宅，气蒸五色归林筴。

谁移造化入云村，崇南沙渚宋石门。

墨炎一洒夺神巧，顿觉万里风云屯。

巍峨山椒散晴旭，清沄涧水飞潺湲。

乔松驾鐢虬枝瑟，澄陂下瞰蛟龙窟。

无数遥岑天外来，一片沧溟岭头出。

---

① 余龙津，即余田，字舜耕，号龙津，崇德（今崇福）人。嘉靖二十九年（1550）进士。授礼部主事，升礼部员外郎、礼部郎中，后官四川布政司右参议。

② 宋石门，即宋旭（1525—1606），字初糯，号石门、石门山人，崇德（今桐乡）人，后为僧，法名祖玄。万历间名重海内。

瑞霭霏霏起烟雾，钓槎荡漾群鸥鹭。

石径逶迤九曲盘，门前草盖渔郎路。

无令剡楫刳为舟，巨川浩浩风波愁。

诞先登岸有达者，披图旷视凝双眸。

（《东汇诗集》卷九）

◎ 徐师曾

徐师曾（1517—1580），字伯鲁，号鲁庵，吴江（今属江苏）人。嘉靖三十二年（1553）进士。官至刑科给事中。有《医家大法》《大明文钞》《宦学见闻》《吴江县志》《湖上集》。

贺沈体道受封[①]

休文之后世多儒，江左风流美丈夫。

数代诗书闻上国，一时科第甲中吴。

桥门业就簪缨旧，郎署恩沾雨露殊。

遥寄万金无别语，爱君忧国在江湖。

（《湖上集》卷三）

① 沈体道，即沈继志，字体道，号虚舟，桐乡青镇（今乌镇）人。嘉靖三十一年（1552）举人，次年中进士，授北直隶工部虞衡司主事。

◎ 王穉登

王穉登（1535—1612），字伯谷（百谷），号半偈长者、青羊君、广长庵主等，长洲人。布衣。有《王百谷集》《晋陵集》《吴社编》《燕市集》《客越志》。

久客泰兴怀故令吕心文①

故人昔为令，未几即言归。不恋五斗俸，宁甘一布衣。

弦歌化闾井，松菊满园扉。缅想陶彭泽，高风世所稀。

（《王百谷集十九种》卷上）

◎ 陈　履

陈履，字德基，原名天泽，广东东莞人。明隆庆五年（1571）进士。历任蒲圻、休宁、崇德知县，官至广西按察副使，兵备苍梧。有《悬榻斋稿》。

九日舟中怀郭舜举司马②

淡淡长空过雁迟，楚天寒色入江蓠。

不堪归客孤舟晚，又值深秋九月期。

黄菊未逢知己醉，青山空系故园思。

怜君此际登高处，手把茱萸可赠谁。

（《悬榻斋稿》卷六）

---

① 吕心文，即吕炯，字心文，号雅山，崇德县（今桐乡崇福镇）人。嘉靖三十四年（1555）举人。知泰兴县。有《素心居集》《友芳园杂咏》《艺苑目录》。

② 郭舜举，即郭子直（1532—1611），字舜举，崇德人。隆庆四年（1570）中乡试，隆庆五年进士。授行人，迁祠祭主事，谪怀仁典史，移知尉氏县，充河南乡试同考，入南武库主事。有《三游草》。

◎宗　臣

宗臣（1525—1560），字子相，号方城山人，兴化人。嘉靖二十九年（1550）进士，官至福建提学副使。有《宗子相集》。

与徐养浩湖泛[①]（选一）

湖上扁舟今又归，湖南生事日且微。

白蘋盈把客携酒，青薜满山吾制衣。

烽燧秋高淮海路，兵戈天急射阳围。

沧江何限垂纶者，摇落西风旧钓矶。

（《宗子相集》卷八）

◎叶向高

叶向高（1559—1627），字进卿，号台山，晚号福庐山人，福清（今属福建）人。万历十一年（1583）进士，历官南京礼部右侍郎、礼部尚书、东阁大学士。有《纶扉奏草》《续纶扉奏草》《前纶扉奏草》。

呈玺卿李彦和[②]

三十年前识紫芝，只今犹自想光仪。

从教宦况浮云似，赢得清名薄海知。

---

① 徐养浩，即徐之孟，字养浩，德清大麻（今属桐乡）人。明万历十七年（1589）进士，官江西兵备道。

② 李彦和，即李乐（1568—1655），字彦和，号临川，青镇（今乌镇）人，寄籍吴兴。隆庆二年（1568）进士。任县令、给事中等官，升江西东河道参议，又荐为太仆、太常少卿，终以年老未就。有《见闻杂记》《拳勺园小刻》《乌青志》《李氏族谱》。

溪上荜门临罨画，湖边兰桨问鸱夷。

艰危正是求贤日，莫说征轮下已迟。

（《双溪诗汇》卷二十）

◎ 吴之屏

吴之屏（1599—1666），字邦维，号澹生，又号谔斋，崇德县（今洲泉镇）人。万历进士。授建昌新城令，迁礼部郎中，出为福建粮道，累升巡抚。顺治三年（1646）回籍，优游林下二十年。

挽三谷盛先生诗[①]

倜傥贤豪自少闻，青齐别驾美参军。

官同玩世东方朔，名负当年司马欣。

一救武勋明五覆，再怜燕女掷千斤。

高山已失人中凤，故里空悲陇上云。

（《桐乡盛延祐夫妇志铭行略挽诗汇刻》）

◎ 周拱辰

周拱辰，字孟侯，桐乡皂林（今乌镇）人。清顺治年间岁贡生。有《庄子影史》《离骚草木史》《离骚拾细》《天问别注》《圣雨斋诗集》《圣雨斋文集》等。

---

① 盛先生，即盛延祐，字申锡，号三谷，青镇（今乌镇）人。官济州州判。

送钱抱冲先生备兵粤西[①]（选一）

万里筹边借豸冠，萧萧征旆指雷关。

山迎龙剑蛮花笑，月拥雕弓瘴雾寒。

黄石兵书新佩肘，[②]马援军政旧登坛。

遥瞻铜柱能知我，揽辔刚逢荔子丹。

（《圣雨斋诗集》卷二）

赠陆仲昭[③]

东海一杯水，水尽泥终出。泰山石一拳，石崩陵已易。

冏冏君子心，终古以为则。为则当奈何，明月悬秋萝。

晴虹栖玉树，爽籁吹金波。金波焕高罋，天净青如削。

哲匠挥柔翰，精灵恣搏攫。俯世何嗤嗤，熠耀俱萤爝。

爝火不自安，借光君子前。切磋以琢磨，庄色攻吾愆。

岂无兰汤沐，清风濯肺肝。岂无青精饭，[④]嘉言当朝餐。

餐德惟君子，婉娈竟何似。指途期岁寒，鸡鸣晦不已。

陶陶以永夕，思慕撷芣苢。芣苢馨且殊，志士期令图。

君子亦有慧，小人亦有愚。欲以径寸珠，纫君衣裳襦。

此物何足贵，愿以表区区。

（《圣雨斋诗集》卷一）

---

① 钱抱冲，即钱允鲸，字抱冲，桐乡炉镇（今乌镇）人。万历癸卯（1603）举人，天启壬戌（1622）进士。授保宁府推官。历升南京兵科给事中，湖广荆南道参议。

② 黄石兵书，指黄石公授与张良的兵书，世称《黄石公三略》。

③ 陆仲昭，即陆时雍（约1588—1640），字仲昭，号澹我，桐乡皂林（今乌镇）人。崇祯六年（1633）贡生。尝馆于钱店渡沈氏即杨园先生外家，故杨园从之受业。辑有《古诗镜》《唐诗镜》《诗镜总论》等。

④ 青精饭，苏浙传统特色点心，又称乌米饭，为寒食节的食品之一。

◎李　培

李培，字培之，嘉兴人。明万历间岁贡，官终江西龙南知县。有《讲学》《水西集》等。

岳之初还自旌德长歌慰慰[①]

君不见，晋令神仙学点金，弃官悟道锦帷深。

明王孝弟母师湛，尸祝俎豆轰天音。

帝命赫赫我监临，又不见，石帆之山紫复青。

石帆道人醉独醒，早捐苦菜采参苓。

天上麒麟及弱龄，归去来兮抱九经。

十二罗多蛟魅惊，何不秉心契玄冥。

我也久负西山灵，三吴落魄一经生。

黑貂敝尽发欲星，阳春有曲谁为听。

我渐龙钟君娉婷，青阳郁郁振飞翎。

嗟嗟，东陵之侯或种瓜，鸳湖之水可烹茶。

肯把流光误岁华，快哉一奴一仆莳生涯。

懒种河阳几树花，又何羡长安儿童晓暮鸦。

（《水西全集》卷三）

---

① 岳之初，即岳元声（1557—1628），字之初，号石帆，嘉兴府秀水县濮院（今属桐乡）人。万历进士，官旌德知县、大名府教授，迁国子博士，转监丞，进工部主事，后遭革职。天启初，任南京兵部右侍郎，因劾魏忠贤，削籍罢归。有《潜初子集》《潜初杂著》。

◎ 汤显祖

汤显祖（1550—1616），字义仍，号海若、若士、清远道人，江西临川人。万历十一年（1583）进士，官浙江遂昌知县。有《玉茗堂全集》《红泉逸草》《问棘邮草》以及传奇《还魂记》（即《牡丹亭》）、《紫钗记》、《南柯记》、《邯郸记》。

送岳石梁仲兄西粤[①]（选一）

汝兄颜发旧萧然，十五从君计吏年。

世事始知棋局浅，悲歌全赖唾壶坚。

春光老去碧湘尽，瘴雨青来寒烧连。

欲向苍梧同谒帝，一时魂梦九嶷烟。

（《玉茗堂全集》卷九）

◎ 岳元声

（简介见前）

石钟弟五十初度督饷江淮甫警时
石梁弟饬兵北平余臣葑溪歌以志情[②]

揆辰秋色气萧森，为国焦劳思不禁。

---

① 岳石梁，即岳和声（1569—1630），字尔律，一作之律，号石梁，一号梁父，自号餐微子，嘉兴府秀水县濮院（今属桐乡）人。岳元声弟。万历二十年（1592）进士，官至延绥巡抚。有政声。有《淡漠集》《餐微子集》《骖鸾录》。

② 石钟，即岳骏声（1573—1633），字季有，号石钟，别号啬庵，嘉兴府秀水县濮院（今属桐乡）人。万历三十八年（1610）进士。历任都察院观政，授刑部山东司主事，太常寺正卿，赠刑部尚书。有《秋窗偶拈》《闯宫始末》《景留堂稿》《啬庵集》。

借箸频筹天下计，闻鸡数起老臣心。
南来羽檄书方急，北去旌旄望转深。
老我弟兄当国恤，五云回首鬓毛侵。

（《（民国）濮院镇志》卷二十九）

◎ 陈邦瞻

陈邦瞻（1557—1623），字德远，号匡左，江西高安人。万历二十六年（1598）进士，官至兵部左侍郎兼户工两部侍郎。有《荷华山房诗稿》，编撰《宋史纪事本末》《元史纪事本末》和《莲华房集》。

送沈华东宪使之闽辖十六韵[①]

孟博澄清日，[②]山涛启事年。黄扉优诏数，紫甸好音传。
行省还虚辖，平章重借贤。云霄今已逼，雨露更谁偏。
剑动三关色，帷褰万里天。由来声价重，藉甚大名县。
珪璧充庭贵，珊瑚出海鲜。莹心明似雪，劲节直如弦。
经术高东海，玺书劳颍川。朝纲需执法，人瘼寄旬宣。
卿月通宸极，使星傍泽壖。老成推骥足，年少失鸢肩。
龙气牛斗下，鸿声彭蠡边。攀辕今日泪，骑竹向来缘。

① 沈华东，即沈蒸，字胤盛，号华东，炉镇（今乌镇）人。万历丙子（1576）举人，癸未（1583）进士。授亳州知州，迁兵部员外郎、郎中，官山东左布政使，以右佥都御史巡抚苏松，进副都御史，卒于官。
② 孟博，指东汉范滂，字孟博。曾以清诏使巡察冀州。后因以“孟博登车”为有志治世之典。

风采思披雾，恩波想漏泉。九重行授钺，遥夜玺台躔。

（《荷华山房诗稿》卷十四）

◎ 石文器

石文器，字伯重，又字玉完，江西泸溪县（今资溪县）人。明万历四十一年（1613）进士，官至知府。有《翠筠亭集》等。

题唐毓承封翁寿卷[①]

浚发从来重，嘉祥岂易凝。义方开窦桂，必作卜王生。

孝友维天性，诗书继晷精。食贫严子课，禄养逮亲荣。

鹤发双星皓，龙文五采并。碧桃添海屋，紫诰出彤庭。

剩列班衣舞，还勖贯索明。圣朝须补衮，貤封逐耋增。

（《翠筠亭集》卷六）

◎ 沈德符

沈德符（1578—1642），字景倩，一字景伯，号虎臣，秀水（今嘉兴）人，万历四十六年（1618）举人。有《万历野获编》《秦金始末》《飞凫语略》《顾曲杂言》《清权堂集》。

---

① 唐毓承，即唐世涵，字育承，一作毓承，明乌程（今乌镇）人。万历己未（1619）进士，授崇明知县，入为大理评事，升刑部主事，出守福建汀州。

赠唐存忆初度[1]

瑞应刚辰纪，休征昴宿呈。星精储伟异，天目献峥嵘。

受姓尧都古，分圭晋国荣。临风瞻皎树，挹露想高茎。

健翮摩文垒，崇墉壮墨城。枫宸胪早唱，花县授初萦。

哓阙朝凫帝，春畴雉狎婴。官闲榕作阴，讼简荔添评。

民佩无刀剑，廷征有铎旌。冠绅章宠赂，盐铁恣纵横。

公乃埋轮出，身当上殿争。淮南驱巨蠹，海上馘长鲸。

亦有伥随虎，真同雷聚虻。狂泉纷众汲，砥柱峙孤擎。

鼎铸狞形诎，稂除美稼嬴。皂囊飞电掣，白简震霆轰。

鸣凤声谁和，歌骢步止行。纯心丹可沥，高节苦能贞。

飞挽通吴越，舟航到楚荆。裹粮征坐甲，足饵绝呼庚。

疏罢长杨猎，驱停细柳营。柏台皈峻洁，[2]棘寺颂持平。[3]

谋断资王略，绥怀倚国桢。移来床独坐，秉去钺专征。

牙互三垂重，咽喉四履并。潢池熄氛祲，原野落欃枪。

鸿雁秋皆奠，貔貅夜不惊。才笺杜预传，俄唱谢安筝。

快矣还龙节，悠哉酌兕觥。蕙初成带结，蒲已驾轮迎。

宽请南郊赦，严申北府兵。九迁需作相，一揖谢为卿。

---

① 唐存忆，即唐世济（1570—1649），字美承，号存忆，乌程（今乌镇）人。万历二十六年（1598）进士，授宁化知县。又任南京刑部右侍郎、兵部左侍郎、左都御史。崇祯十一年（1638），坐戍边。南明弘光元年（1645），官右都御史，加太子太保。有《琼靡集词选》。

② 柏台，御史台的别称。

③ 棘寺，大理寺的别称。

鹿马奸方指，龙蛇咏遂成。倚山冰乍泮，调瑟化重更。
未遂贤人隐，旋逢泰道亨。朝皆说元祐，殿欲对延英。
暂出招丛桂，遄还咏杜蘅。诏先加赤棒，起乃慰苍生。
雪枉开三面，罗贤遍八纮。陪都扶正论，宪府折邪萌。
诣阙光辞洛，居东旦返京。柄新持斗杓，望久副璁珩。
植节千寻劲，程材百炼精。豸冠人夺气，革履帝知声。
伫俟金瓯覆，行看玉烛明。渭泾仍失辨，各蜀谩相倾。
贪饵欣趋钓，餔糟忌解酲。直声三黜重，归计一身轻。
媚灶纷槐柳，供厨独笋樱。运犹争倚伏，天未欲澄清。
豹以文韬变，鸥缘狎可盟。受霜松转秀，遭磷玉加莹。
禅入宗雷社，农偕沮溺耕。酒能开远境，书不讳淫情。
湘浦累臣佩，沧浪孺子缨。庄名午桥署，诗句辋川赓。
方眼疑仙碧，芳顾似稚赪。边防虚表饵，朝局竞楸枰。
且祀张良石，将调传说羹。愿陪缑氏鹤，[1]岁得载吹笙。

（《清权堂集·鵾城草》卷十六）

◎祁彪佳

（简介见前）

---

① 缑氏鹤，相传王子乔于缑山乘鹤成仙。后用作歌咏仙家之典。

郑州道中喜遇吴澹生[1]

逢君当此夜，危阁且同凭。残照重关迥，寒潭秋潦澄。

诗成浇浊酒，话尽拔残灯。为问明朝道，云山复几层。

（《远山堂诗集·五言律》）

◎ 钱谦益

钱谦益（1582—1664），字受之，号牧斋，晚号蒙叟，东涧老人，常熟人。明万历三十八年（1610）一甲三名进士（探花），官至礼部侍郎，南明弘光时任礼部尚书。降清后为礼部侍郎。有《牧斋诗抄》《有学集》《初学集》《投笔集》。

己卯除夕偕孟阳守岁崇德郁振公吴可黄二先辈俱集[2]

盍簪列炬草堂前，管领梅花又一年。

岁晚樵苏渔钓侣，夜深灯火孝廉船。[3]

流光飒沓将过客，世事朦胧欲曙天。

却喜邻僧相慰问，朝来新送佛灯钱。

（《牧斋初学集》卷第十五）

---

① 吴澹生，即吴之屏，简介见前。

② 郁振公，即郁起麟，字振公，崇德（今桐乡）人，明天启辛酉（1621）科亚魁。

③ 孝廉船，对有才识之士的美称。语出南朝宋刘义庆《世说新语》。

◎ 瞿式耜

瞿式耜（1590—1650），字起田，号伯略，别号稼轩，常熟人。万历四十四年（1616）进士，崇祯元年（1628）擢户科给事中。南明永历时任兵部尚书，后封临桂伯。有《愧林漫录》《职方外纪小言》《瞿忠宣公集》。

访朱子暇于郡斋适密之巢友先在遂留过午即事赋赠[①]

太守公余暇，衙斋水似清。观棋筹胜局，读史置闲评。

有客停车访，开门倒屣迎。萧疏捐礼数，缱绻话平生。

小阁邀同赏，云茶手自烹。图书饶位置，窗槛尽虚明。

古研留香细，芳樽泻乳泓。撷荒兼海错，酌醴佐吴羹。

浑是江南味，都忘粤客情。兰言冰雪冷，华绂羽毛轻。

何意干戈日，犹余化国城。飞云赊远眺，问月许寻盟。[②]

胜侣难星聚，高秋喜露横。清歌犹有待，[③]佳句拟频赓。

即事聊为述，风流故可旌。

（《瞿忠宣公集》卷八）

◎ 金　堡

金堡（1614—1681），字卫公，又字道隐，浙江仁和（今杭州）人。崇祯十三年（1640）进士。授临清知县，南明永历时任礼科给事中。后削发为

---

① 朱子暇，即朱治憪，字子暇，秀水（今桐乡濮院）人。明天启辛酉（1621）举人，授徐州学正，荐升淮安同知，调肇庆知府，晋升岭西道署两广总督。与瞿式耜共护两广疆土，卒于广东新会。

② 旧注："飞云楼在郡斋后，是日尚未及登，待月楼头主人约也。"

③ 旧注："署中有杨生善歌。"

僧。有《遍行堂集》《岭海焚余》《千山剩人禅师语录》《丹霞澹归禅师语录》。

访吴可黄于语溪[①]

生面相看四十年，不知华表鹤何言。

毫厘风火存呼吸，尺寸关山罢往还。

麟凤即看余庆远，冰霜未觉独醒偏。

劫灰若待胡僧问，蹉过黄鹂一着先。

（《遍行堂续集》卷七）

喜曹远思自石门来访却赠[②]

不谈世谛惟谈道，此外如君未易逢。

天远孤鸿轻掠雪，夜来寒月静浮钟。

往还曾忆亭中客，得失休寻塞上翁。

为寄语溪烟水语，长留春色待从容。

（《遍行堂续集》卷十三）

◎徐　倬

徐倬（1624—1713），字方虎，号蘋村，浙江德清人。康熙十二年（1673）

① 吴可黄，即吴梦白，字可黄，号华崖，崇德（今桐乡）人。明崇祯九年（1636）举人，十六年进士。官江苏吴县知县。国破入闽，任知县，后充同考。清顺治初，朝廷屡以书相招，坚辞不出。

② 曹远思，即曹广，字远思，号遥集，崇德（今崇福）人。与兄序同学，明崇祯十二年（1639）举人，十三年进士。授汀州府推官，改漳州。后擢刑部主事，以母老不赴。闽破而归。

进士。授编修，又任国子监司业。有《全唐诗录》《读易偶钞》《古今文统》《道贵堂类稿》。

送朱吉湘先生公车[①]（选一）

渭城高唱动清商，杯酒临岐别思长。

满地烟化萦客骑，旧京宫阙对斜阳。

五年子夜前溪梦，一日骊驹朔漠霜。

闻说上林夸羽猎，此行正好赋长杨。

（《道贵堂类稿·寓园小草》）

◎周　篔

（简介见前）

怀张考夫[②]

契阔张夫子，平生实典型。立言惟布粟，为政在家庭。

上下论千古，东西有二铭。闲阶带草色，几日又青青。

（《国朝诗别裁集》卷十四）

① 朱吉湘，即朱万锜，字洁湘，桐乡人。明崇祯九年举人，清顺治初官乐陵知县。有《归来日注》《惠风堂集》。

② 张考夫，即张履祥（1611—1674），字考夫，号念芝，炉头杨园村（今乌镇）人。年十一，就馆于陆昭仲，十五应童子试，补弟子员。后以教馆谋生。又往藏山和靖书院，受业于刘宗周。闻京师有变，遂弃诸生，隐居教授。为清初朱子学的倡导者。至清末被视为上接程朱之绪，下开清献（陆陇其）之传。志称“朱熹后一人”。有《读易笔记》《愿学记》《近古录》《补农书》。后人辑有《杨园先生全集》。

◎郭　浚

郭浚，字彦深，号默庵，崇德（今属桐乡）人，海宁籍。明崇祯三年（1630）举人，清顺治九年（1652）进士，授官行人。有《衍极书》《虹映堂诗集》《谱传略》《北游草》。

京邸除夕同朱峨武林大[1]

不见南天雁，尝看西苑峰。百年几除夜，三听异乡钟。

蝶缕燕台胜，椒盘蓟酒浓。他乡暂为乐，赖尔放眉容。

（《虹映堂诗集》卷六）

吴介子坐上赠曾弗人[2]

十载神交梦寐勤，帝城一夕蔼兰芬。

携来泽剑光如拭，市得洼驹价不群。

白发吟风秋共老，朱弦叫月夜偏闻。

名山到处堪游咏，高卧无烦学少文。

（《虹映堂诗集》卷十）

喜朱石年得隽乃翁伯揆积学未售慰之[3]

中垒传家调未孤，[4]翩翩年少赋西都。

已闻折角推名理，更喜抟霄起壮图。

---

① 朱峨武，即朱得祚，字峨武，崇德（今属桐乡）人。明崇祯进士，授宁德令。署苏州海防，擢刑部主事，进礼部员外郎。

② 吴介子，即吴尔埙（1621—1644），字介子，号吹伯，吴之屏子，崇德洲泉（今桐乡洲泉镇）人。明崇祯十六年（1643）进士，授翰林院庶吉士。南还，为史可法参军。从高杰北征，杰死难，尔埙流寓祥符。后守扬州，城破，投井死。

③ 朱石年，即朱霞（1605—？），字石年，崇德（今桐乡）人。清顺治十二年（1655）进士，官汀州推官。早岁曾游刘宗周之门。

④ 中垒，古时一种职位。此处指汉刘向所任中垒校尉，借指校书、藏书志业。

上苑花光邀翰墨，孤城斗气结昆吾。
眼前跛扈驹千里，老骥何烦溢阮途。

（《虹映堂诗集》卷十一）

◎胡　介

胡介，初名士登，字彦远，号旅堂，浙江钱塘（今杭州市）人，明诸生。有《旅堂诗文集》。

送金梦蜚北上[①]

朔风动群卉，众草没郊原。黯黯繁霜下，畴能顾本根。
兰蕙岂不芳，翳可植当门。送子即长路，短袂吹翩翻。
霜发西北来，冲口未得言。坐对盈觞酒，踟蹰念旧恩。
相交固云晚，托体同弟昆。中心实眷眷，从兹与谁论。
骇兽不择路，蛰虫不择垣。动止虽不齐，失路心相存。
沾裳望天外，蒙蒙雨雪昏。

（《旅堂诗文集》卷一）

◎孙　爽

孙爽（1614—1652），字子度，号容庵，又号抱膝居士，崇德（今桐乡崇

① 金梦蜚，即金渐皋，字梦蜚，号怡安，浙江仁和籍，大麻（今属桐乡）人。明崇祯九年（1636）举人，清顺治九年（1652）进士，官邢阳县令，改汉阳县令。有《怡安堂集》。

福镇）人。创征书社，补杭郡廪生。明亡后不出。有《容庵诗集》。

颜丈雪臞仝诸兄风雪见访[①]

诸君有底急，瑟缩赴袁安。[②]飘瞥方如许，风阴正作团。

狂名误前辈，僧服挽衣冠。[③]僵卧差安稳，惟愁归路寒。

（《容庵诗集》卷五）

◎ 顾梦游

顾梦游（1599—1660），字与治，江宁（今江苏南京）人，一说吴江（今江苏苏州）人。崇祯十五年（1642）岁贡生。有《茂绿轩集》。

集陈澹仙凤台寓园[④]

香径重来有落花，天风吹不散青霞。

更穿密竹成深坐，欲上高城怯暮笳。

喧夜酒声惊鸟雀，怀人秋思乱蒹葭。

台空凤去千年事，芳草而今恨转赊。

（《顾与治诗集》卷六）

---

① 颜丈雪臞，即颜俊彦，字开眉，一字开美，号雪臞，桐乡石门人。明崇祯戊辰（1628）进士，授广州府推官。补松江府推官，迁工部营缮司主事。明亡后隐居。有《蘧园集》《盟水斋存牍》。

② 袁安，指汉时袁安，身处困穷仍坚守节操。

③ 旧注：“颜丈自称衲子。”

④ 陈澹仙，即陈素（？—1645），字涵白，号澹仙，桐乡人。明崇祯甲戌（1634）进士，任直隶开州知州、泰州知州。明末弃官返里，建正心书院于县城西北。

◎ 曹　溶

（简介见前）

招颜孝嘉小集[1]

黄冠岁久滞湘西，苦竹丛深狖夜啼。

无复故人相慰劳，定知异地惜分携。

秋前顾影寒松在，醉后论文画烛低。

石困神峰生眼底，凭高真欲吐虹霓。

（《静惕堂诗集》卷三十六）

怀濮澹轩[2]

吴曲浮家久未还，近闻八十鬓初斑。

花当避世因移艇，酒足娱宾不掩关。

已觉少年磨战垒，可无高士拄名山。

前贤每怪流传滥，手把新编映雪删。

（《静惕堂诗集》卷三十七）

◎ 姚　夏

姚夏（1683—1759），字大也，号两溪。石门县（今桐乡）人。受业于张杨园。有《杨园年谱》《石经堂诗钞》《两溪文集》《两溪自记》。

---

① 颜孝嘉，即颜鼎受，字孝嘉，一字初阳，明清之际桐乡石门人。颜统子。有《不除草》《峄山堂》《半乐亭诗》。

② 濮澹轩，即濮淙，原名宰，字赞甫，号澹轩，又号雪筠，清初濮院人。长于诗而业贾。有《澹轩集》《蘧园草》《浣雪居草》。

寄吴幼舆先生司李桂林兼怀长公咏思[①]

可念吴夫子，苍梧云树间。[②]一官初白发，双屐几青山。

谳狱秋荼散，趋庭春昼闲。炎方多瘴疠，报政早应还。

（《两浙輶轩录》卷二十八）

◎ 黄宗羲

黄宗羲（1610—1695），浙江余姚人，字太冲，一字德冰，号南雷，别号梨洲老人等。康熙二年（1663），应吕留良之邀赴崇德，执教于吕氏梅花阁。有《明儒学案》《宋元学案》《明夷待访录》《孟子师说》。

过孙子度殡宫[③]

城西数里路三叉，信步行来自不差。

病里犹看争座帖，[④]乱余谁识墨兵斋。[⑤]

乾科飒飒和头出，寒叶层层诗句埋。

一日九原人去后，语溪风景不堪怀。

（《南雷诗历》卷二）

---

① 吴幼舆，即吴辂，字幼舆，崇德人。清顺治进士。授桂林府推官，因事遭贬，遂归家居。

② 苍梧，概指桂林地区。

③ 孙子度，即孙爽，简介见前。

④ 争座贴，又名《论座帖》《争座位稿》《与郭仆射书》，为唐广德二年（764）颜真卿所书行草作品。

⑤ 旧注："子度斋额。"

◎ 吴自求

吴自求，字永言，清初嘉善人。工诗。

送唐阆思先生之塞下[①]

朔风吹雪上征裾，去国投荒万里余。

候雁已南君更北，不知何处寄卿书。

（《柳洲诗集》卷十）

◎ 陈祖法

陈祖法（约1627—1700），字子执，号湘殷，浙江余姚人。顺治八年（1651）举人，官石门县教谕，迁祁县知县。擢知晋州。有《古处斋诗集》《古处斋文集》。

寄吕用晦[②]

闻君谋大隐，卜筑在东庄。但有书连屋，外不列壶觞。

雪深梅花放，秋高桂子香。息心读易罢，幅巾时徜徉。

课仆旧时蔬，呼僮拭墨床。门无俗士驾，此意将终藏。

忆余初交君，原以道义将。云胡涛张起，累君逐风浪。

---

① 唐阆思，即唐彦晖（1636—？），字朗思，一字阆思，号蔗庵，乌镇人，顺治十一年（1654）举人，十二年进士，任礼部观政，以兄事累徙辽左，遇恩赦归。

② 吕用晦，即吕留良，吕留良（1629—1683），又名光轮，一作光纶，字庄生，一字用晦，号晚村，别号耻翁、南阳布衣、吕医山人等，暮年为僧，名耐可，字不昧，号何求老人，崇德县（今桐乡市崇福镇）人。顺治十年（1653）应试为诸生，后隐居不出。死后于雍正十年（1732）被剖棺戮尸，子孙及门人等或戮尸，或斩首，或流徙为奴，罹难之酷烈，为清代文字狱之首。有《吕晚村先生文集》《东庄诗存》等。

挟策走西湖，湖山助高长。始知静者心，喧寂不相妨。
荷君有好友，任侠擅名场。意气耀日白，肝胆鄙金黄。
相共申大义，名教自烺烺。始知高人径，不仅闭户良。
怀哉鲁仲运，高风千载扬。

（《古处斋诗集》卷三）

◎ 陆费锡

陆费锡（1630—?），字大胜。桐乡永新乡（今乌镇）人。顺治三年（1646）举人，十八年辛丑科进士，官山东平原知县。工诗。

寄怀仲开一兰雪堂[1]

冰心散作四时春，吾道于今见一人。
雨洒皂山清有梦，[2]月明桐里静无尘。
非关栽柳存高致，直溯传薪得大醇。
兰雪堂中香自远，湖光云影倍怡神。

（《槜李诗系》卷二十七）

◎ 傅占衡

傅占衡（1606—1660），字平叔，江西临川（今江西抚州）人。有《汉书摭言》《编年国策》《鹤园笔略》《湘帆堂集》。

---

① 仲开一，即仲弘道，简介见前。
② 旧注：“《濮院镇志》作巫。”

哭周孟侯孝廉[1]

十年满腹是乖崖，不复看人逐计偕。
灵物文章无处觅，应同粉黛一时埋。

（《湘帆堂集》卷二十三）

◎ 熊伯龙

熊伯龙（1616—1669），字次侯，号塞斋，别号钟陵，汉阳（今湖北省武汉市）人。顺治六年（1649）榜眼，官至内阁学士兼礼部侍郎。有《无何集》《熊学士诗文集》。

送俞以除主考还朝[2]

伤离扶病一开门，极目清霜变楚原。
雕鹗感秋云汉逼，鱼龙不夜洞庭翻。
几程钓艇寻寒火，到日诗囊带雨痕。
身世所悲何限事，临歧惆怅竟难言。[3]

（《熊学士诗文集》卷上）

---

① 周孟侯，即周拱辰，简介见前。

② 俞以除，即俞之炎（1623—？），字以除，桐乡人。顺治十五年（1658）进士，授翰林院庶吉士。康熙二年（1663）以户科给事中，充湖广副考官，升吏科都给事中，外调广西桂林道参议。缘事左迁。后大学士李霨荐其才，以原官起复，随征四川，未行而卒。

③ 旧注：“时有水灾。”

◎ 彭孙遹

彭孙遹（1631—1700），字骏孙，号羡门，又号金粟山人，浙江海盐人。顺治十六年（1659）进士。授中书舍人，历官编修、吏部右侍郎兼翰林院掌院学士。有《松桂堂全集》《南淮集》《延露词》《金粟词话》。

为钟玉行赋悼亡之句[①]

凤池归去雁书迟，肠断红兰委露时。

湘浦霜寒凋玉羽，瑶台月冷折琼枝。

牛衣却忆同贫贱，骊曲翻成永别离。

莫怪安仁头早白，空床长簟不胜悲。

（《松桂堂全集》卷六）

◎ 汪文柏

汪文柏（1659—1725），字季青，号柯庭，桐乡人。有《柯庭余习》《古香楼吟槁》。

赠张炎贞[②]

手编何日释，老眼似寒星。发以成书白，衫犹破国青。

藏花围卧榻，[③]勖志勒斋铭。隔牖诸孙课，咿吾最可听。

（《柯庭余习》卷五）

---

① 钟玉行，即钟朗，字玉行，石门（今桐乡）人。清顺治十六年进士，由翰林院庶吉士改工部营缮司主事，升员外郎。以言罪罢，寻复原官，历刑部郎中，升陕甘学政、布政司参议。

② 张炎贞，即张圆真，初字岩征，改字炎贞，青镇（今乌镇）人。诸生。明鼎革后弃举子业，宗杨园先生，请益无虚日，其问答载《杨园集》。

③ 旧注："所藏闽兰抹丽严冬围列床头清森可爱。"

◎ 曹　度

曹度，字正则，崇德（今桐乡）人。明末诸生。通经史，旁及天文历数，工书法，善诗文。明亡后即闭居著书，绝意仕进。有《带存堂诗集》《带存堂文集》。

送吕无党入省秋试①

骊歌声发夜星寒，蓬叶舟迎秋露团。

可有胜流争把臂，岂从薄俗问登坛。

才名共许千秋在，意气还留一壑宽。

六翮已丰彻霄汉，肯容清梦至溪湍。

（《带存堂诗集》七律诗）

◎ 施闰章

施闰章（1619—1683），字尚白，一字屺云，号愚山、媲萝居士、蠖斋，晚号矩斋，江南宣城（今安徽省宣城市）人。官翰林院侍读，充太宗圣训纂修官。有《双溪诗文集》《愚山诗文集》《学余堂诗文集》。

吴孟举见寄舟行日记有述②

欧公志于役，放翁作蜀记。即目散羁怀，繁简撰各异。

吴子阀阅人，江海颇高寄。家有积书岩，园多种竹地。

---

① 吕无党，即吕葆中（？—1707），原名公忠，字无党、观稼，号耻斋、冰葭，石门县（今崇福镇）人。吕留良长子。康熙三十五年（1696）举人，四十五年高中一甲二名进士（榜眼），授翰林院编修。因受一念和尚叛逆案牵连，忧惧而死。有《竿木集》《竿木二集》。

② 吴孟举，即吴之振，简介见前。

遗诗表宋元，断简无失坠。[1]鼓棹入京师，万卷悉捆致。
摩挲石鼓文，时把公卿臂。碎琴都市间，十千取一醉。
兴尽遽归来，轻舟北风利。河水没荒城，霜钟寒远寺。
时为渔父吟，一寓沧洲意。长啸多忧怀，深衷见琐事。
近日王平了，[2]京辇论文字。风藻盛推君，吴会资鼓吹。
双鱼来石门，瑶华慰离思。三叹书纸尾，一附临风翅。

（《学余堂诗集》卷十一）

◎魏　坤

魏坤（1646—1705），字禹平，号水村，浙江嘉善人。康熙举人。有《倚晴阁诗抄》《秦淮杂咏》《历山唱酬集》《粤游纪程诗》。

赠别朱复斋学使[3]（选一）

重斟泺酒把深卮，[4]正值湖亭香满时。
旧雨情多贪话别，新秋绪乱强裁诗。
云霄直上君行近，海岳勾留我去迟。
预约他年同结宅，楝花风里听缫丝。

（《倚晴阁诗钞》下册七言律）

---

① 旧注："吴刻有《宋诗钞》。"
② 旧注："谓西樵、阮亭兄弟。"
③ 朱复斋，即朱雯，字裔三，号复斋，崇德（今桐乡）人。顺治十四年（1657）举人，康熙三年（1664）进士，官孝感知县，以江宁府同知转松江府同知。二十六年为山西按察使副使、提调学政。三十年以副使任提督山东全省学院。三十八年分守济宁道。有《自知斋诗集》。
④ 泺酒，产于济南的名酒。

◎ 王鸿绪

王鸿绪（1645—1723），初名度心，后改名鸿绪。字季友，号俨斋，别号横云山人，华亭（今属上海金山）人。康熙十二年（1673）榜眼，官至工部尚书。有《横云山人集》。

送总宪吴匪庵假归[1]（选一）

鸿胪唱后识君时，玉立丰标映凤池。

犹记南宫同校士，冰壶清彻两心知。

（《横云山人集》卷二十二）

◎ 钱澄之

钱澄之（1612—1693），初名秉镫，字饮光，一字幼光，晚号田间老人、西顽道人，安徽桐城县（今枞阳县）人。南明桂王时任翰林院庶吉士。有《庄屈合诂》《田间易学》《田间诗集》《藏山阁文存》《藏山阁诗存》《藏山阁尺牍》。

赠黄伯和庶常[2]

诙谐永日接清欢，冰署依然僧舍寒。

导引有功应自恃，篇章过目不重看。

---

① 吴匪庵，即吴涵（1633—1709），字容大，号匪庵，石门（今桐乡崇福镇）人。康熙十四年（1675）举人，二十一年榜眼。授编修，升顺天府丞，累官鸿胪寺少卿、吏部右侍郎，兼翰林院学士，升左都御史。有《匪庵诗钞》。

② 黄伯和庶常，即黄士埙（1635—1687），字伯和，原籍安徽休宁，徙居石门县。康熙十二年（1673）进士，授翰林院编修。有《瀛山笔记》《弘雅堂集》。

攀花上苑偏惊易，索米长安转觉难。

莫信仙师教采药，几人乞得大还丹。[①]

（《田间诗集》卷二十）

◎ 陈恭尹

陈恭尹（1631—1700），字元孝，初号半峰，晚号独漉子，又号罗浮布衣，广东顺德县人。有《独漉堂诗集》。

送劳书升观察赴召入都便道归石门省觐[②]（选一）

石门秋好片帆间，十载王程此日还。

常恋白云依子舍，暂移卿月到家山。

麒麟作脯餐能具，獬豸为衣舞亦斑。

双白堂前开一笑，吾儿功已著平蛮。

（《独漉堂诗集》卷九）

◎ 徐元文

徐元文（1634—1691），字公肃，号立斋，江苏昆山人。顺治十六年（1659）状元，授翰林院修撰。官至文华殿大学士兼翰林院掌院学士。有《含经堂集》《得树园诗集》。

---

① 旧注："伯和学道有效末句讽之。"

② 劳书升，即劳之辨（1639—1714），字书升，石门（今属桐乡）人，康熙二年（1663）举人。有《静观堂诗集》等。

送吴青坛侍御罢官归里[①]

微风启韶和，城堤丝柳变。不知清江侧，芳菲几许见。

临水送将归，归情睠离宴。之子台中妙，英光激流电。

奋议足惊众，慷慨弗顾谴。一朝辞朝芾，抚怀自萧散。

不胜报国心，未惬平生撰。轶才宁终弃，精刚在百炼。

聊可弃田庐，随时寄遐盼。溪雨舴艋飞，江晴帘韂卷。

去去日以南，能使留者羡。乡国有余春，山花照人眼。

（《含经堂集》卷十三）

◎潘　耒

潘耒（1646—1708），字次耕，一字稼堂、南村，晚号止止居士，吴江（今属江苏苏州）人。康熙十八年（1679），举博学鸿词，授翰林院检讨。有《类音》《遂初堂诗集》《文集》《别集》等。

赠汪季青[②]（选一）

天障三珠树，词场誉早传。白眉看后劲，赭汗复先鞭。

思入池塘好，才量斗石偏。不因文赋出，谁信士衡年。[③]

（《遂初堂集》卷二）

---

① 吴青坛，即吴震方（1651—？），字右弨，号青坛，石门（今属桐乡）人。康熙十八年（1679）中式二甲第一名进士，由庶吉士改御史。罢归。康熙四十二年（1703）南巡，以所辑《朱子论定文钞》进呈，得复职，且御书白居易诗以赐。因摘诗中“晚树”二字以名其楼。有《读书正音》《岭南杂记》《晚树楼诗稿》《说铃》。

② 汪季青，即汪文柏，简介见前。

③ 旧注：“季青年甫二十。”

◎ 赵执信

赵执信（1662—1744），字伸符，号秋谷，益都（今山东省淄博市）人。康熙十九年（1680）进士，任右春坊右赞善兼翰林院检讨。有《因园集》《饴山诗集》《饴山文集》《诗余》《闲斋集》。

石门县晤吴青坛顾诗城二同年诗城皤然矣青坛学道而意境殊不佳诗以慰之①

语儿亭边开竹林，故人潦倒来披襟。

黄冠白发讶相见，莼菜鲈鱼秋正深。

我邀酒徒同钓艇，卿无瓠落犹蓬心。

天台高高携手去，一度石梁何处寻。

（《饴山诗集》卷七）

◎ 孙　勷

孙勷，字子未，一字予未，号莪山，又号诚斋，德州人。清康熙乙丑（1685）进士，官至通政司参议。有《鹤侣斋诗》《鹤侣斋文稿》。

送同年俞宁世检讨假旋浙江②

秋雨飞未歇，凉露飒已零。闲门日萧然，颇无车马声。

---

① 顾诗城，即顾镡（1646—1724），字诗城、思城，号栗岩，石门（今桐乡洲泉）人，康熙十八年（1679）进士，授庶吉士，历官山东道御史、京畿道监察御史、巡视长芦盐课，后升京堂，补大理寺丞致仕。

② 俞宁世，即俞长城（1668—1722），字宁世，又字桐川，号硕园，桐乡人。俞之炎季子。康熙二十三年（1684）乡试第二名，二十四年（1685）进士，官编修。以疾乞归，侨寓维扬。有《可仪堂集》《四书便蒙》《先正程墨》。

离居感君子，一室凄以清。长吟白雪词，涕泗纷纵横。
闻君得请去，绿水秋帆明。五湖好烟月，落手谁能争。
时平客路稳，宦薄归装轻。浙江四千里，计月非遥程。
人言长安乐，去国宁无情。辞荣慕高节，此日何峥嵘。
嗟余恋升斗，未即抛簪缨。深惭故人勇，愿逐高鸿征。
岳色寒青天，日暮秋阴生。故乡成泽国，浩瀚何时平。

（《鹤侣斋诗》）

◎ 唐孙华

唐孙华（1634—1723），字实君，别字东江，太仓人，康熙二十七年（1688）进士，官礼部主事，兼翰林院行走。有诗《东江诗钞》。

题金南庐工部所藏王石谷夏景图①

耕烟老人化工手，层峦迭嶂工临摹。
此图画水不画石，换笔更欲穷虚无。
烟树平林接杳渺，清泉曲岸交萦纡。
荷叶荷花香不断，红衣翠盖纷披敷。
翘立遥看松顶鹤，翔嬉近爱洲边凫。
忽然傍水构杰阁，凉风似觉来菰蒲。

① 金南庐，即金樟，字匡秀，号南庐，桐乡人。清康熙三十九年（1700）进士。授内阁中书，借补司经局正字。改行人司行人，迁工部都水司主事。母病乞归，卒年六十四岁。有《南庐文稿》《南庐诗稿》。

中有两人坐相对，斯人无乃庄惠徒。
料应世事不挂口，或论老易谈黄虞。[①]
狂飙不动波纹细，轻舟荡桨如乘桴。
苇间延缘渔子出，举网欲得松江鲈。
人间执热知何限，红尘白汗争驰驱。
此图此景那易得，空明一片涵冰壶。
南庐先生秉远抱，身在魏阙心江湖。
风雅直追何水部，仕途不羡汉金吾。[②]
春晖堂中白日静，法书名画供清娱。
闲旷时存濠濮想，苍茫似展潇湘图。
耕烟已老少真迹，毋使寒具轻玷污。
能从细意出远势，澄泓一碧如平铺。
安得置身图画里，恍离热坂游清都。

（《东江诗钞》卷十二）

◎ 钱陈群

钱陈群（1686—1774），字主敬，号香树，又号集斋、柘南居士，嘉兴人。康熙六十年（1721）进士，官至刑部侍郎，加尚书衔。有《香树斋诗集》。

---

① 黄虞，黄帝、虞舜的合称。
② 金吾，汉掌管京师的长官为“执金吾”，指禁军、卫军。

哭妇翁俞檀溪先生用少陵哀汝阳韵[1]

昨者岁在午，哭我闺中人。东风吹白骨，细草生三春。
双眼泪欲枯，奈何悲更频。星躔移大野，汉廷失词臣。
疾疢需药物，佽助倚交亲。医穷扁俞术，命殒风雪晨。
昔忆抱经艺，献书谒清尘。承恩冠多士，行役肃駪駪。
汉中及巴蜀，逾跨唯一身。珥笔趍殿陛，柔翰何麟麟。
而我属秦耷，陪欢追蹄轮。问奇探铅椠，义类日以新。
忘忧嗜曲糵，邈俗遗金银。箴规论密勿，稽首曾拜陈。
召见赐颜色，嘉纳荷皇仁。鸣皋有振羽，广川无沉鳞。
十载冰雪掺，夙夜怀忧勤。一朝委榛莽，到门感朋宾。
遗容想穗帐，残书杂芳茵。翻读绝笔文，涕泪挥衣巾。
灵帏照短烛，明灭无精神。夜哭枚少妻，悲恸惊四邻。
啼号小儿女，似解父子伦。仁政先惸独，皇皇感通津。
匍匐敦古处，由来存缙绅。愧无黄门诔，诗成余悲辛。

（《香树斋诗集》卷一）

◎ 卢存心

卢存心（1690—1758），原名琨，字敬甫，号玉岩，钱塘（今杭州）人。

---

① 俞檀溪，即俞长策，字御世，号檀溪，桐乡人。清康熙四十一年（1702）钦赐五经举人。四十五年进士，授翰林院编修，充讲官。先后主持四川、陕西乡试。有《檀溪诗文集》。

乾隆元年（1736）荐试博学鸿词，壬申（1752）恩贡。工诗，有《白云诗集》《白云别集》。

题吴见山太守照[①]

清风何自来，掠地收蒸溽。高树青攒攒，杂花红蔌蔌。

凉棚卷前檐，万象罗一幅。拭几披新图，此景又在目。

燕坐见使君，洒然脱冠服。鞅掌偶得闲，凝神屏案牍。

莫言尘务烦，以道为盥沃。胸中汇秋水，荡荡盈万斛。

开轩对天碧，心空无所属。老松偃青盖，怪石蹲翠麓。

芳卉亦复繁，一院酿芬馥。仿佛闻鸣琴，逸响出华屋。

七弦弹高秋，阁铃答清曲。当阶鹤一双，毛衣洁如玉。

连骞或对舞，生态见之熟。性爱小龙团，啜尽一瓯渌。

始知浩落人，清赏随时足。收图看天气，新凉起夹縠。

香闻玉练槌，把盏催黄菊。

（《白云诗集》卷二）

◎ 孔宪采

孔宪采，字雅六，号果庵，桐乡青镇（今乌镇）人。廪贡生。候选训导。早年游宦各地，不得志。清咸丰八年（1858）署景宁教谕兼训导。历权丽

① 吴见山，即吴关杰，字见山，号更崖，吴涵子。清康熙四十五年（1706）进士，由庶吉士改授内阁中书，历升礼部仪注司郎中、山东兖州知府。擢鸿胪寺少卿，以病归。有《更崖诗文钞》。

水、庆元、分水学篆。晚年肆力搜辑乌青故乡文献，编就《双溪文汇诗汇》。有《双桂轩古文》《老学庵诗稿》。

解州大庙怀伯高祖贯原公[①]

祖德百年久，遗风尚洒然。活民真父母，驱虎赛神仙。

俎豆不祧业，甘棠勿伐缘。至今廉吏后，长物只青毡。

（《桐乡诗抄》下册）

◎ 魏元枢

魏元枢（1686—1758），字联辉，号臞庵，丰润（今河北唐山）人。雍正元年（1723）进士，官至汾州知府。有《与我周旋集》。

留别王莱堂奉酬原韵[②]（选一）

回雁高飞避戈深，人间尚恐逐遗音。

空林赊月修凋羽，天路瞻云想盍簪。

几许凉风生北牖，无边秋色荡南金。

相知莫漫悲歧路，忍负平生一片心。

（《与我周旋集》卷五）

---

① 贯原公，即孔传忠，字贯原，号恕甫，桐乡青镇（今乌镇）人，孔子后裔。清康熙四十八年（1709）己丑科进士，康熙五十七年任山西盂县知县。调洪洞县，擢知解州。

② 王莱堂，即王应綵，字天章，号莱堂，桐乡濮院人。清康熙五十九年（1720）举人，雍正八年（1730）进士，官刑部主事。转湖广司员外郎，迁江南道御史，终工部给事中。有《清慎堂诗稿》。

◎汪　筠

汪筠（1715—1779），字珊立，桐乡人，乾隆丙辰（1736）举博学鸿儒，不第。有《谦谷集》。

牡丹盛放招朱偶圃潜起郑郑圃杨博也集华及堂[①]

绀碧猩红绣一台，群芳扫尽独迟开。

酡颜索遣临风映，舞袖真怜近席回。

象外浮云余岂问，春来残梦蝶频猜。

秾华烂熳朋簪盍，判饮何妨罄百杯。

（《谦谷集》卷五）

◎顾嗣立

（简介见前）

题吴省吾小像[②]（选一）

娟娟翠筱乱苍苔，三尺芭蕉叶半开。

草木萧疏风日美，秋光迸入画中来。

（《闾邱诗集·梧语轩诗集》卷中）

---

① 朱偶圃，即朱沛然（？—1749），字霖斋，号偶圃、橘园，桐乡人。雍正七年（1729）举人，乾隆元年（1736）进士，官江西高安知县。有《偶园杂咏》。

② 吴省吾，即吴震起，字省吾，一字初恬，石门（今桐乡）人。以优行贡成均，清乾隆三十三年（1765）中举，三十六年登进士，授翰林院庶吉士，改授刑部主事，历员外郎，升刑部郎中。

◎余　集

余集（1738—1823），字蓉裳，号秋室，仁和（今杭州）人。乾隆三十一年（1766）进士，官至侍讲学士、翰林院编修。有《百呐琴》《梁园归棹录》《忆漫庵剩稿》。

寄知不足斋主人[①] 时蒙恩赐举人

衰翁与世久相忘，天语传来姓氏香。
自分羽陵随蠹老，[②]敢希天禄借藜光。
冥搜不惜丹铅惫，老健宁愁鬓发苍。
莫羡诸郎通桂籍，殊荣应比伏生强。

（《梁园归棹录》卷一）

◎孔继涵

孔继涵（1739—1784），字体生，一字埔孟，号荭谷，别号南州，自称昌平山人，山东曲阜人。乾隆三十六年（1771）恩科进士，官至户部主事。有《红榈书屋诗集》《冰词》《杂体文稿》。

送蔡梓南郎中 履元[③]

柳老吹绵石首肥，[④]正是同君饯别时。

---

① 知不足斋主人，鲍廷博（1728—1814），字以文，号渌饮，又号通介叟，祖籍安徽歙县长塘，迁居桐乡县青镇（今乌镇）杨树湾，筑“知不足斋”藏书。校刻《知不足斋丛书》三十辑。嘉庆十八年（1813）特钦赐举人。工诗，有《花韵轩小稿》《咏物诗》

② 羽陵，古地名。语出《穆天子传》卷五，喻贮藏古籍之处。

③ 蔡梓南，即蔡履元（？—1783），字梵珠，号梓南，石门（今桐乡）人。乾隆二十八年（1763）进士，由户部主事升湖广道御史。善书，有《资敬堂帖》行世。

④ 石首，鱼名。产于海中，亦称黄花鱼或黄鱼。

三载曹司师倒薤，[1]六街花担看将离。
饼非寒夜何妨说，珠钉冷淘笑控颐。[2]
到得江乡风味好，修门应念冷官饥。

（《红椆书屋诗集》）

◎ 沈大成

沈大成（1700—1771），字学子，号沃田，华亭（今上海松江）人。诸生。校定有《十三经注疏》、《史记》、前后《汉书》、《南史》、《北史》、《昭明文选》等，有《学福斋诗集》《学福斋集》。

石门马约堂邂逅僧舍辱遗二诗口占奉答[3]（选一）

握手僧寮恨见迟，晚钟乍歇雨丝丝。
它年莫忘班荆话，细柳如烟压帽时。

（《学福斋诗集》卷三十）

◎ 汪如洋

汪如洋（1755—1794），字润民，号云壑，秀水（今嘉兴）人，祖籍桐乡。乾隆四十五年（1780）状元，授翰林院修撰，后入值上书房，任山东乡试主考官，官至云南学政。工诗，有《葆冲书屋集》。

---

① 倒薤，一种篆书书体名。

② 冷淘，凉面一类食品，始于唐代的“槐叶冷淘”。

③ 马约堂，即马俊良（1736—1795），字嵰山，号约堂，石门（今桐乡）人。乾隆二十六年（1761）进士，官衢州府教授，转内阁中书。先后主广东端溪及华越讲席。有《嵰山诗钞》《易家要旨》《春秋传说荟要》《禹贡图说》《龙威秘书》。

送冯星实鸿胪乞养旋里[1]（选一）

孝治光明极盛朝，近臣封事下重霄。
永怀堂上头双白，无恙城南柳万条。
摒挡先时舟楫具，温存连夕豆觞招。
一帆春水如天阔，宦海何心问汐潮。

（《葆冲书屋集》卷四）

◎ 张问陶

张问陶（1764—1814），字仲冶，一字柳门，遂宁人。乾隆五十五年（1790）进士，历官翰林院检讨、吏部郎中、莱州知府。有《船山诗草》《船山诗草补遗》。

魏春松筵上送陆杉石太守元鋐入蜀分韵得直字[2]

秋风吹征尘，欲归归不得。送公守西川，忳然怀故国。
魏侯敞离席，拈韵黄花侧。四座集贤豪，人人旧相识。
我为公部人，临觞心翼翼。醉后忽忘形，狂歌划胸臆。

---

① 冯星实，即冯应榴（1740—1800），字诒会，一字贻曾，号星实，晚号踵息居士，桐乡人，冯浩长子。清乾隆二十五（1760）、二十六年（1761）联捷成进士。历任军机处行走，主持湖北乡试，提督四川学政，累迁吏部郎中。升御史，转通政司参议、鸿胪寺卿，擢江西布政使，复任鸿胪寺卿。于苏东坡诗考订尤勤，编成《苏文忠诗合注》五十五卷。有《学悟稿》《踵息斋诗文集》。

② 陆杉石，即陆元鋐（1750—1819），字冠南，号杉石，又号秋玉，桐乡青镇（今乌镇）人。乾隆四十二年（1777）举人，五十二年（1787）进士，官礼部仪制司主事，擢升员外郎，记名御史，简放四川雅州知府，转广东惠州、高州知府，以失察被劾，复捐甘肃庆阳府，后绝意仕途。主讲陕西同州书院、太仓桴亭书院及嘉兴鸳湖书院。有《青芙蓉阁诗集》。

梁州古天府，[1]形势控西极。天遥赋税轻，地大峰峦逼。
设教少诗书，杂居混方域。山川自阻深，人心亦平直。
是岂无莠民，民愚终易测。愿公酌宽猛，开怀感以德。
余力为诗歌，导之以文墨。西音百年来，大雅久衰息。
子弟颇聪颖，师儒昧典则。如木不绳削，如马不羁勒。
公性本舒和，论文利用刻。一郡树规模，一方有仪式。
中田雨露时，何处生螟螣。我家近涪水，无产可耕植。
草堂三五间，松竹团秋色。饥来难久住，一官且谋食。
侧闻诸父老，忧贫常唧唧。人满沃壤穷，此情殊可忆。
与公幸同朝，赠言岂容默。慷慨陈土风，公其恕狂惑。

（《船山诗草》卷十一）

◎邱　冈

邱冈，字昆奇，号笔峰，清乾隆间吴江（今江苏苏州）人，占籍震泽。附监生。有《德芬堂诗钞》《集外诗余》《集外词》。

冯鹭亭庶常雪中见过[2]

开门晓光寒，雪花飞六出。朔风卷雪去，虚檐射初日。

---

① 梁州：汉地九州一部分，代指陕西、四川等地。

② 冯鹭亭，即冯集梧（1752—1807），字轩圃，号鹭亭，桐乡人。乾隆四十二年（1777）拔贡，四十五年（1780）举人，四十六年（1781）进士。朝考入选，改庶吉士，授翰林院编修，充起居注官。《四库全书》馆分校官，武英殿功臣馆纂修。家多藏书，精校辑。有《贮云居集》。

病躯似懒残，幅巾发未栉。访旧来故人，握手情素密。
君昔方成童，秀抱璠玙质，从兄之余杭，听钟来丈室。
余时甫弱冠，营道快同术。鱼龙无定形，聚散真难必。
迢迢南北天，云泥却可说。君已拥貂襜，余仍被短褐。
寒飚吹不停，蓬户气逌瑟。且将炉火烘，争暖杯中物。

（《德芬堂诗钞》卷七）

◎斌　良

斌良（1784—1847），满洲正红旗人，瓜尔佳氏，字笠耕，一字备卿，号梅舫。荫生。嘉道间官终驻藏大臣。有《抱冲斋全集》。

挽胡梁园枚比部[①]（选一）

良友忽云没，惊闻涕泗倾。尺书如昨日，杯酒忆平生。
笃实醇儒粹，词华哲匠名。为郎头白早，一宦竟无成。

（《抱冲斋诗集》卷七）

◎许宗彦

许宗彦（1768—1818），原名庆宗，字积卿，一字固卿，号周生，德清人。

---

① 胡梁园，即胡枚（1760—1816），字梁园，石门县（今洲泉）人。乾隆六十年（1745）进士，授内阁中书，任玉牒馆协修，补军机章京，擢户部主事任方略馆纂修。嘉庆十五年以户部主事提督贵州学政，风教自任，实心校士。旋升户部员外郎、郎中，改补刑部郎中。有《石友山房诗集》。

嘉庆四年（1799）进士，官至兵部车驾司主事。有《鉴止水斋集》。

寄程春庐郎中[①] 同文时充会典馆总纂入直军机（选一）

天边列宿海边查，一别人间几岁华。
忆到大罗疑梦寐，未成小隐漫烟霞。
沉舟阅水材先败，退鹢迎风路转賒。
欲就君平问消息，此身南北等虚车。

（《鉴止水斋集》卷七）

◎ 吴全昌

吴全昌，字荣叔，号香圃，清乾嘉时归安籍乌镇人。诸生。有《香草斋诗钞》《香草轩古文》《香草轩漫笔》《国朝文雅》。

送别张梦庐[②]

携手出蓬户，愁深不可留。西风吹双泪，重订他日游。
隔浦露渔火，回塘闻棹讴。霜浮野桥上，人散寒溪头。
落月若相送，时随行客舟。橹声去渐远，帆影渺难求。
思君空伫立，惟见水东流。

（《桐乡诗钞》上册）

---

① 程春庐，即程同文（1768—1823），原名拱宇，字春庐，桐乡人。乾隆庚戌（1790）南巡，召试一等一名赐举人。嘉庆四年（1799）殿试二甲第六名进士，授兵部主事，军机处军机章京上行走。擢大理寺少卿，旋授奉天府丞。参与重修《大清会典》，工诗，有《密斋诗文集》《诗存》《元秘史译》《元史译音》《地理释》《职方图》。

② 张梦庐，即张千里（1784—1839），字子方，号梦庐，桐乡乌镇人，廪贡生。历署余杭县、绍兴府学训导，业医。有《朱村草堂诗草》《闽游草》。

◎张　琦

张琦（1764—1833），初名翊，又名与权，字翰风、玉可，号宛邻、默成居士，阳湖（今常州市）人。嘉庆十八年（1813）举人，以誊录议叙知县。官馆陶知县。有《宛邻诗文集》《战国策释地》《宛邻杂著》《兵家杂著》。

和蔡浣霞銮扬独居有怀用义山诗韵[①]

文窗幽梦断，翠幰细尘侵。扶病莲钩缓，凝羞杏靥沈。

回身微露衩，侧鬓乍横簪。眼缬缘愁重，衣痕点泪深。

花房通婉转，瓜字待温寻。乌桕门前树，红蕉镜里心。

怨抛湘竹谱，恩记海棠阴。莫负三春景，凄凉泣夜碪。

（《宛邻集》卷二）

◎阮　元

阮元（1764—1849），字伯元，号云台、雷塘庵主，晚号怡性老人，仪征人。乾隆五十四年（1789）进士，晚年官拜体仁阁大学士。主编《经籍籑诂》，校刻《十三经注疏》，汇刻《皇清经解》等。生平著述丰富，有《揅经室集》《十三经注疏校勘记》等三十余种著述传世。

赠吴鉴人曾贯[②]

秦家五字剧纵横，曾出偏师陷长卿。

---

① 蔡浣霞銮扬，即蔡銮扬，字浣霞，桐乡乌镇人。清嘉庆四年（1799）进士。历福建郡道道员，由仪曹出知延平府。卒于官。有《证响斋集》。

② 吴鉴人，即吴曾贯，原名曾卯，号涧莼，石门（今桐乡）人，清嘉庆二十二年（1817）进士。官陕西盩厔（今周至）、渭南知县，摄宁陕厅同知。以疾归。有《涧莼诗选》《补砚斋诗集》《仕津要言》《渭南河渠考》。

寄语苏州漫相许，语儿还有小长城。[①]

（《孳经室集》卷四）

◎ 汪远孙

汪远孙（1789—1835），字久也，号小米，又号借闲漫士，钱塘（今杭州）人。嘉庆二十一年（1816）举人，官内阁中书。有《诗考补遗》《汉书地理志校勘记》《借闲生诗词》。

姑丈桐乡陆费春帆先生恩洪别二十年矣癸未春仲重过武林款宿东轩感旧摅怀赋呈[②]（选一）

燕楚三千里，江湖二十秋。重逢颜半改，相对话难休。

丝竹萦新感，亭台数旧游。衔杯一回首，犹自佩吴钩。

（《借闲生诗》卷一）

◎ 沈兆沄

沈兆沄（1783—1876），字云巢，号拙安、莹川，天津人。嘉庆二十二年（1817）进士，散馆授编修。官至浙江布政使。有《织帘书屋诗文钞》《沈氏宗谱》《篷窗附录》。

---

① 语儿，指石门县。

② 陆费春帆，即陆费瑔（1784—1857），初名恩洪，字玉泉，号春帆，桐乡人。嘉庆十三年（1808）副贡。官至湖南巡抚，祀名宦。有《真息斋诗钞》。

下邳柬徐州金瀛仙司马[①]

几载彭城惬壮游，云龙山绕大河流。

酒香春雨枌榆社，[②]花落秋风燕子楼。[③]

好士定多刘向辈，吟诗兼共道潜俦。

三都赋序劳椽笔，[④]情话相违只数邮。

（《织帘书屋诗钞》卷十一）

◎ 林寿图

林寿图（1809—1885），初名英奇，字恭三、颖叔，别署黄鹄山人，闽县（今福州）人。道光二十五年（1845）进士，累官至山西布政使。有《春秋浅说》《论语证故》《余赘记》《黄鹄山人诗初钞》。

赠金翰皋同年鹤清时以编修记名御史直南斋[⑤]

翱翔凤凰池，突兀麒麟楦。[⑥]弋猎班马文，劣能办驴券。

阅人盖多矣，时荣执鞭愿。翩翩三天选，落落一第恩。

---

① 金瀛仙，即金安澜，字澄之，一字荔波，号瀛仙，桐乡人。清道光八年（1828）举人，九年（1829）进士。授翰林院庶吉士，官户部云南司、山东司主事，以南河同知补用，升松江知府。有《怡云庐诗钞》。

② 枌榆社，乡社名，在江苏丰县，即汉高祖家乡，在县治东北十五里。

③ 燕子楼，楼名。在徐州。

④ 旧注："为瑞儿诗作序。"

⑤ 金翰皋，即金鹤清（1816—1854），字叔田，一字翰皋，号稗谷，桐乡县城人，寓居吴门。癸卯（1843）优贡，当年乡试中举。道光二十五年（1845）榜眼。授翰林院编修，记名御史，命在南书房行走。以积劳遽卒。有《养之以福斋诗文集》。

⑥ 麒麟楦，唐人称演戏时装假麒麟的驴子叫麒麟楦；喻虚有其表没有真才的人物。

十年掌杀青，东华走尘坌。方奖跖蹻廉，[①] 孰识随夷溷。

马箠日取尺，骊珠握盈寸。矮屋始定交，已辨椎神钝。

读书登朝后，作赋摩空健。沧海浩津涯，蠡测吾知困。

绣衣立霄汉，诚可持国论。前席问鬼神，亦藉申盥献。

古今无本学，货利居兴贩。受宠不胜惊，励志独就逊。

风舒玉河柳，黄鹂美声韵。春水好添杯，孤坐使人闷。

马蹄踏软草，归路天街曼。傥荷枉高轩，与奴炊白饭。

（《黄鹄山人诗初钞》卷七）

◎ 张之洞

张之洞（1837—1909），字孝达、香涛（一说号香涛）。原籍南皮（今属河北），生于贵州贵阳。清咸丰二年（1852）顺天府解元，同治二年（1863）探花，授翰林院编修，历官至湖广总督、军机大臣等职。有《张文襄公全集》。

别陆给事眉生[②]

年年带甲满关河，燕市逢君对酒歌。

贞观多贤人望治，马周惭愧负常何。

（《张之洞诗文集》卷一）

---

① 跖蹻，指盗跖与庄蹻，传说中两大盗。语出《淮南子·主术训》。

② 陆眉生，即陆秉枢（1821—1862），字眉生，桐乡青镇（今乌镇）人。道光二十三年（1843）举人，二十七年（1847）进士，选庶吉士，授编修，山东道御史，升户科给事中，又调礼科。同治初赴豫营襄赞，卒于军中。赠光禄寺卿。有《陆给事遗集》。

◎ 章　梫

章梫（1861—1949），名正耀，字立光，号一山，海游（今浙江三门县）人。光绪三十年（1904）进士，选授翰林院检讨。历任京师大学堂监督、国史馆功臣馆总纂、北京女子师范学校校长等职。有《康熙政要》《旅纶金鉴》《一山文存》《一山息吟诗集》《一山骈文》。

和别号无功韵一首[①]

石膏嶙峋东海劳，当年礼论续曹褒。[②]

老龙望气晨经过，桀夫闻风夜怒号。

黄雾塞涂疑日暗，横流无地见山高。

补天试问功多少，会看宣王陈赤刀。

（《近代史所藏清代名人稿本抄本》第三辑《劳乃宣档》）

◎ 谭宗浚

谭宗浚（1846—1888），字叔裕，南海（今属广州）人。同治十三年（1874）榜眼。有《希古堂文集》。

---

① 无功，即劳乃宣（1843—1921），字季瑄，号玉初，又号韧叟，别号无功老人，桐乡青镇（今乌镇）人。同治十年（1871）进士，归班铨选直隶南皮、完县、吴桥等知县。升保定府同知、吏部稽勋司主事。光绪三十四年（1908）任宪政编查馆参议、政务处提调，授江宁提学使。宣统三年（1911）任京师大学堂总监督，袁世凯内阁学部副大臣。张勋复辟，被任命为法部尚书，以年老未就职。有《等韵一得》《各国约章汇录》《义和拳教门源流考》《简字丛录》《筹算浅释》《共和正解》《续共和正解》。

② 曹褒，东汉官吏曹褒尤好礼事，以代称劳之礼法之争观点。

悼陆晴湖[1]

美矣平原谦退，静谧处独能贞。

在贫靡绌何以，共欢抚琴散帙。

芜没阮邻萧条，颜室一驾星轺。

遽遭疠疾瘴域，招魂炎乡委骨。[2]

（《希古堂集》卷五）

◎ 陶玉珂

陶玉珂（1848—1885），字子佩，秀水（今嘉兴）人。有《兰熏馆遗稿》。

偕凌衡甫和钧谒钱武肃王祠[3]

东南保障古诸侯，半壁江山一线留。

箭落潮头自神武，花歌陌上亦风流。

空余铁券磨尘劫，尚说金钱买夜游。

患气未销兵革恨，满湖风雨战松楸。

（《晚晴簃诗汇》卷一百十四）

---

① 陆晴湖，即陆芝祥（1845—1875），字子瑞，号晴湖，桐乡青镇（今乌镇）人。寄籍广东番禺。咸丰十一年（1861）广东乡试举人，同治七年（1868）进士，改庶吉士，官翰林院编修。光绪二十五年（1899）主广西乡试，病故于途中。

② 旧注："番禺陆晴湖前辈芝祥，君本浙产，寄籍番禺，入翰林。居京师，贫甚。几于三旬九食。然从不干谒贵游，其志操有足嘉者。乙亥岁典试广西，行至黄梅道，暍病卒。同人为敛赀送其丧归。"

③ 凌衡甫，即凌和钧（1851—1891），字衡甫，桐乡濮院人。光绪丙子（1867）优贡，乙酉（1885）拔贡，十五年（1889）举人，十六年（1890）进士，以主事观政工部。

·古迹名胜·

桐乡，这块富饶的土地，史前文化丰富，有罗家角遗址、谭家湾遗址等。而在2500多年前的春秋时期，桐乡是吴越两国的边关要塞。吴越古战场烽烟散尽，但遗迹依稀，引得诗人感慨万千。胭脂汇、范蠡坞诉说一段动人的浪漫历史故事。平绿轩、椿桂堂交相辉映，昭示了南宋崇德的文化底韵。简斋、芙蓉浦的历史遗迹，展现了乌镇浓厚的璀璨华章。

◎潘　蕃

（简介见前）

观吴越战场作[①]

吴越兴亡宛目前，游屯泾上草芊芊。[②]

夕阳满地滋寒色，野烧缘溪断暮烟。

麋鹿歌台今寂矣，鹧鸪舞殿亦凄然。

只馀赐剑当年恨，惆怅东风哭杜鹃。

（《（光绪）石门县志》卷一）

◎杨　炜

杨炜，字赤雯，清桐乡濮院人。监生。有《云竹诗集》。

吴越战场歌

极望平原数十里，茫茫春色为谁绮。

烟迷野草绿无垠，乱落桃花泛流水。[③]

相传吴越旧战场，当日靡旌且摩垒。

英雄气奋属夫差，踊跃交锋决槜李。

---

① 吴越战场，在县南天荒荡，今凤鸣街道。荡地甚大，故又称南荡、北荡。中隔一溪，溪上有国界桥。又有走马冈、洗马池、千步路，相传吴王宿营兵处。又有南长营、烽火楼，千人坡等。

② 游屯泾：《桐乡县志》载："游屯泾在纪目坡西北七里。"位于今凤鸣街道和石门镇交界处。

③ 旧注："地在桃花里西南。"

越兵夜宿千人坡，[1]造饭平明埋釜锜。
走马冈头忽起尘，[2]太宰申胥相瞪视。
鼓声震炫骇奔雷，一往桃弧共棘矢。
奕奕旗旐柱脚麾，奔突三年不敢止。
此时杀气正凭陵，此时士卒尽争死。
至今常过国界桥，犹见愁云半空起。
精魂飘荡苦无依，月寒霜白悲不已。
士人为说耕凿时，败甲朽镞出泥滓。
往往阴霾火烛天，霹雳声闻彻遐迩。
不堪惨目吊兴亡，多付乌鸢并蝼蚁。
吴王霸业易销沉，勾践宁忘会稽耻。

（《（民国）濮院镇志》卷二十九·集诗二）

◎ 张观澜

张观澜（1645—1717），字星兰，号古愚，江阴（今属江苏）人。康熙己酉（1669）进士。仕至内阁中书。

吴越战场

槜李城南荒草陂，纯钩画戟从容挥。

---

① 千人坡，《方舆纪要》卷九十一桐乡县："南长营在县东南二十五里。其旁有千人坡、范蠡坞。"

② 走马冈，在今桐乡市西。《方舆纪要》卷九十一"崇德县"有载：此为吴、越分疆处。

黄尘塞天将指落，战鼓渡江戎马归。

千年旧事空遗躅，夜雨阴磷照残镞。

土蚀寒骸剥碎青，啾啾冤鬼来相哭。

居民畏祟不敢耕，黄茅白苇皆精灵。

刲羊载酒日四五，纸钱窸窣酬鲵鲸。

吁嗟封豕同天败，雪志夫差心志怠。

黑气横军国是危，谁言溺笑犹能再。

余过江南觅旧踪，采香芳径暗尘封。

胥涛夜夜号寒月，[1]似对疮痍感故宫。

（《（光绪）桐乡县志》卷二）

◎施　恩

施恩，明成祖时任江西南昌知县。

范蠡坞[2]

吴越亡来知几秋，黄芦野水尚含愁。

陶朱已是忘名去，赢得清风亘古留。

（《（民国）濮院志》卷五）

---

① 胥涛，传说伍子胥为吴王所杀，尸投浙江，成为涛神。后人因称浙江潮为“胥涛”。

② 范蠡坞，在濮院幽湖南，有藏兵坞、洗足滩等迹。

◎ 陈曾祉

陈曾祉，字鸿园，诸生。清桐乡濮院人。有《心隐集》。

范蠡坞

越垒吴疆古战场，悲歌不尽吊沧桑。
荒榛烟合藏兵坞，断渚波分濯足乡。
破国早知烹走狗，补牢何至泣亡羊。
功成一舸浮家去，野水年年冷夕阳。

（《濮川诗钞·心隐集》）

◎ 苏　平

苏平，字秉衡，号雪溪，海宁人。明永乐中，举贤良方正，不就。有《雪溪渔唱》。

胭脂汇[①]

西子曾经此地过，自调脂粉染双娥。
乍辞越国山应远，望入吴门怨已多。
春满玉容初罢镜，香生罗袜欲凌波。
古来尤物能亡国，鹿走姑苏奈尔何。

（《槜李诗系》卷三十九）

---

① 胭脂汇，在濮院，旧有西子妆楼，宋学士景濂题诗，今妆桥尚存。

◎黄　榦

（简介见前）

监石门酒务[1]

吴越天下富，京畿游侠乡。陇亩皆膏腴，第宅皆侯王。

世言苏湖熟，霑丐及四方。自我来石门，触目何凄凉。

清晨开务门，有酒谁复尝。累累挈妻子，汲汲求糟糠。

父老称近年，十载尝九荒。聚落成丘墟，少壮争逃亡。[2]

（《勉斋集》卷四十）

◎吴　萼

吴萼，字应篪，号芳谷，清钱塘（今杭州）人。国子生。有《听竹居学吟草》。

玉溪杂咏之石门酒税

勉斋旧址久传闻，今日何堪对夕照。

剩有残碑衰草里，摩挲石绣读遗文。[3]

（《桐溪诗钞》卷二十四）

---

① 诗题一作“石门”。石门酒库，在县城西北即今石门镇，宋时置。黄榦曾任酒务。

② 旧注：“以下阙。”

③ 旧注：“宋黄勉斋监石门酒税，在震东庵旁，碑记犹存。”

◎陈　炳

陈炳，字宜之，号退庵，闽县（今福建福州）人。宋孝宗乾道八年（1172）进士，淳熙九年（1182）任崇德主簿，因居焉。迁上虞令，后提辖文思院。有《退庵文集》。

资福院平绿轩

水屋围春绿，云岑送晓青。无心向朝市，信步到禅扃。

野意连天远，疏钟隔岸听。杯行莫辞醉，檐月笑人醒。

（《宋诗拾遗》卷十八）

◎蔡　开

蔡开，字子明，崇德（今桐乡）人。宋孝宗淳熙八年（1181）进士。知德清县、邵武郡。除漕司，兼知岳州，迁江南西路转运使。卒于官。有《畏斋集》。

平绿轩

瞰水地仍敞，开窗望不迷。良畴连远近，秀野混高低。

晓起烟千树，春耕雨一犁。道人深乐此，坏衲且幽栖。

（《宋诗拾遗》卷十八）

◎莫若拙

莫若拙，字子才，崇德（今桐乡）人。宋孝宗淳熙八年（1181）进士。宁宗庆元五年（1199）知浦江县。

平绿轩即事

结屋地犹浅，钩帘景尽还。岚光烟树外，野色酒杯间。

别墅从渠乐，清吟属我闲。狎鸥时点白，机事不相关。

（《宋诗拾遗》卷十八）

◎ 江表祖

江表祖，崇德（今桐乡）人。宋宁宗嘉定七年（1214）特奏名。

题平绿轩[①]

碧凡丹棱转盼成，一亭聊复寄闲情。

人如水墨画中立，山向烟芜尽处横。

舟入柳阴冲鹭去，檐依波面荫鱼行。

题诗每愧临流意，吟苦那知白发生。

（《宋诗拾遗》卷二十一）

◎ 陆德舆

陆德舆，字载之，崇德（今桐乡）人，由童子科举嘉定十年（1217）进士。历任太学博士、著作郎、两浙知贡举，知福州、泉州，官至吏部尚书。卒赠嘉兴开国侯。

---

① 资福院平绿轩，在石门（今崇福）资福禅院。《石门县志》：在西门外二百步，宋嘉祐四年（1059）创建。《至元嘉禾志》载：西庑有轩瞰流，匾曰“平绿”。

平绿轩

带市人烟远，连村野色幽。山从天际出，水向槛前流。

芳屋无端碍，松醪有意留。因怀陵谷感，无语对归鸥。

（《宋诗拾遗》卷二十一）

◎ 辅　广

（简介见前）

题资福院平绿轩

名区与利垄，羊肠竞攀跻。谁能为芳草，四旷成幽栖。

春风一凭栏，秀色无高低。山遥不作障，水近何妨堤。

只恐金气寒，黄枯变碧萋。坐令群目惊，有似七圣迷。

人心无天游，六凿相攘挤。但于平处观，众有何端倪。

日月互宾送，景物随乖暌。彼昏如执着，惟君试金篦。

（《宋诗拾遗》卷二十一）

◎ 范成大

范成大（1126—1193），字至能，吴县（今苏州）人，绍兴二十四年（1154）进士，官至参知政事。有《石湖居士诗集》《吴郡志》等。

题崇德莫氏椿桂堂[1] 莫氏五子皆登科，居崇德县

君不见，衣冠盛事今犹昔，前说燕山后崇德。

联翩五组带天香，世上籯金贱如砾。

他年诗礼到云来，日日高堂称寿杯。

桂长孙枝椿不老，却比窦家应更好。[2]

（《石湖居士诗集》卷二十六）

◎ 张伯垓

张伯垓，字德象，嘉兴人。宋高宗绍兴三十年（1160）进士，历官徽州府、绍兴府，以中书舍人兼实录院同修撰，官至吏部尚书。

题崇德莫氏椿桂堂（选一）

进士从来夸一第，至比梯云仰攀桂。

弟兄罕见五枝芳，昔说窦郎今莫氏。

莫氏一门真可荣，二难三秀众美并。

见者叹羡不易及，往往笞儿亲短檠。

（《宋诗拾遗》卷十六）

---

① 椿桂堂，宋建炎初，莫琮避地永新乡（今桐乡），遂家焉。有子五人俱登儒科。邑宰朱軧即所居立五桂坊。家有椿桂堂。士大夫多赋诗。

② 旧注："附考：堂在崇德，宋邑人莫元忠兄弟五人俱登进士，故扁其堂。"

◎ 叶　适

叶适（1150—1223），字正则，号水心居士，永嘉（今浙江省温州市）人。淳熙五年（1178）榜眼。累迁至江淮制置使。有《水心先生文集》《水心别集》《习学记言》。

题椿桂堂

九官八士古之良，灵椿丹桂后腾芳。
冯公诗意虽短陋，闾里传诵终难忘。
君家同生五兄弟，短檠伴夜东方启。
黄旗两记张庆闹，纻袍三号趋文陛。
辞华标角人力能，科名均齐天所兴。
作堂不须栋梁好，但种此木高千层。
透日垂阴香未歇，满庭车骑同时列。
更将磊砢替团团，留与北风观壮节。[①]

（《水心先生文集》卷六）

◎ 陈与义

（简介见前）

题简斋

我窗三尺余，可以阅晦明。北省虽巨丽，无此风竹声。

① 旧注："嘉禾莫氏兄弟五人，元忠、若晦、似之、若拙、若冲自绍兴庚辰以来先后登进士第，县以五桂名其坊，又自揭所居堂曰'椿桂'。姑苏通守与余同僚，属赋此诗。"

不着散花女，而况使鬼兄。世间多歧路，居士绳床平。

未知阮遥集，几屐了平生。领军一屋鞋，千载笑绝缨。

槐阴自入户，如我喜新晴。觅句方未了，简斋真虚名。

（《简斋集》卷四）

◎丰　坊

丰坊（1492—约1563），字人叔，一字存礼，后更名道生，更字人翁，号南禺外史，鄞县（今宁波）人。嘉靖二年（1523）进士。有《砥柱行》《逍遥游》《书诀》《万卷楼遗集》《藏书记》。

同王节判游青墩塔院吊陈参知故躅

青溪清浅映溪桥，精舍悠然隐相轺。

邪佞持衡三省阙，老成削迹两宫遥。

投闲散地留遗躅，秉正当年想立朝。

故国沉沦荒浦在，芙蓉冷落老渔樵。

（《重修乌青镇志》卷五）

◎张　翚

张翚，字季翔，云南中卫（今属昆明）人，进士。明成化庚子（1480）知桐乡县事。

芙蓉浦

独来洲上看芙容，掩映寒波淡复浓。
近拟明霞当落照，忽惊仙子露芳容。
简师行脚今何在，米老名书久绝踪。
回首旧亭风景换，荒汀衰草忆人龙。[①]

（《槜李诗系》卷四十）

◎ 严继棠

严继棠，字颐民，号筼谷，清桐乡青镇（今乌镇）人。有《筼谷诗剩》。

访陈简斋三友亭遗址

三友不可作，遗址存沙汀。欲访来浦上，晚风乱浮萍。
铃语天半响，野鸥溪畔停。斜阳挂烟寺，衰草连荒汀。
秋老芙蓉遍，峭寒霜露零。忆昔避世客，于兹闭松扃。
倾心交方外，雪夜谈元经。高风安可企，怀古独扬舲。
庐舍久已圮，惟见长松青。

（《双注诗汇》卷九）

① 旧注："附考，浦在桐乡县北二十五里青墩广福院中，又曰'芙容洲'，即宋陈简斋所居，有词咏之。"

◎凌　夔

凌夔，字友皋，又字友龙，号石斋，乌镇人。清康熙戊寅（1698）拔贡，又以五经中辛卯副贡。撰述十数种，总为《樊川草堂集》。

芙蓉旧浦

高贤解组急间房，碧水依然旧筑荒。

安得芙蓉仍满岸，不教芦荻蔽回塘。

（《樊川草堂集》卷七）

◎濮允中

濮允中，字乐闲，崇德梧桐乡（今桐乡濮院）人。元至正间征为盐漕转运司令。谢归。元末组“聚桂文会”，赴者云集，为当时盛事。

自题桐香室[①]

研经暇即课子，扫榻倦亦留宾。

莫叹秋风萧飒，穿林月片如银。

（《槜李诗系》卷五）

◎杨维桢

杨维桢（1296—1370），字廉夫，号铁崖，诸暨州（今浙江诸暨）人。泰

① 桐香室，在濮院定泉桥东，或云在双贤桥东。元濮允中读书处。允中子彦仁延杨铁崖课业其中。

定四年（1327）中进士，官至江西儒学提举。元末坐馆濮家桐香室，执教濮彦仁。有《史义拾遗》《东维子文集》《铁崖古乐府》《丽则遗音》《复古诗集》。

桐香室记·辞

梧桐生矣，在濮之阳。桐之香只，翳凤之翔。

翳凤之翔，维君子之乡。梧桐培只，在濮之除。

桐之香只，伊德之符。伊德之符，维君子之居。

（《东维子文集》卷十七）

◎ 程德刚

程德刚，字克柔。元人。程本立父。先世河南人，父鹏迁凤鸣市（今桐乡市梧桐街道）东南之张荡，遂定居焉。

题濮仲温松月寮①

溯源传玉叶，世外想高踪。道似山中豹，人犹柱下龙。

后凋殊不改，孤照若为容。只此披襟坐，尘嚣隔万重。

（《（光绪）桐乡县志》卷五）

◎ 濮　洙

濮洙，字圣源，一字葆真。清濮院人。诸生。

---

① 松月寮，在濮院市中，一说在化坛之南，元濮彦仁建。元杨维桢有《松月寮记》。

松月寮

仲温公建。公免官后，角巾道服，鼓琴其中，自号松月道人。

脱尽尘氛松月寮，角巾氅服任逍遥。
人移物换琴声寂，尚忆丹青盛子昭。[①]

（《（光绪）桐乡县志》卷五）

◎ 颜如愚

颜如愚，号莲池，明归安籍乌镇人。庠生。与李乐同修《重修乌青镇志》。

分水墩阁成[②]

昔年遗址有沉沙，此日楼成壮万家。
吴越霸图传往事，东南胜地望中华。
一天水映双溪月，孤渚风回两岸花。
回首恍疑天已近，欲邀仙子共乘槎。

（《乌青文献》卷七）

◎ 王叔承

王叔承（1537—1601），初名光允，字叔父，晚更名灵岳，字子幻，自号昆仑承山人，吴江人。有《潇湘编》《吴越游集》《宫词》。

---

① 旧注："时画者盛子昭作图。"

② 分水墩，位于乌镇北栅外，车溪、烂溪和横泾港交汇处的一土墩。明万历初年，乌镇同知罗斗于墩上造阁，供文昌君像。乾隆年间在分水墩西侧建有乌镇首家书院——分水书院。

人日晚登分水墩有感简李彦和

白袷浮空坐水天，隔檐墟里一苍然。

三溪寒拥孤楼月，双塔晴开万井烟。

暝色杯边群鸟过，春风槛底乱帆悬。

无端忽洒新亭泪，明日从君理钓船。

（《桐溪诗述》卷二十三）

◎ 夏　爊

夏爊（1562—？），字汝翼，号冲寰，桐乡青镇（今乌镇）人。万历丙戌（1586）进士，知冀州，后任转河广司郎中，谪判贵阳。后乞归。

避暑分水墩

千寻危柱插中流，云影飞樯一望收。

夹道绿阴衣欲冷，笛声清夜起沧州。

（《乌青文献》卷七）

◎ 严宝传

严宝传，字瑞符，号少谷。清桐乡青镇（今乌镇）人，国子生。候铨光禄寺署正。有《吟秋馆诗存》。

分水墩晚眺

波峙危楼若钓矶，远山黯黯淡斜晖。
南来怒浪流频急，北去孤帆驶欲飞。
两岸炊烟当瞑合，双溪渔火入林微。
归时风景还堪忆，临水人家半掩扉。

（《（民国）乌青镇志》卷十六）

◎ 释克新

释克新，本姓余，字仲铭，号雪庐，自号江左外史，人称雪庐和尚，鄱阳人，元末住嘉兴水西寺。有《雪庐》《南询》。

题濮元帅别业[①]

海国元戎鬓未斑，归来拄笏看青山。
田园暮景烟尘外，台榭春风锦绣间。
桐影连溪鸥梦稳，桂香吹月鹤笙还。
碧莼丝脍黄花酒，时向尊前一解颜。

（《濮镇纪闻》卷四）

① 濮元帅别业，在濮院翔云观后。元帅名铣，泰定间北征有功，归里后筑园自娱。

◎沈　涛

沈涛（1800—1854），初名志韩，自号苇汀。秀水濮院（今桐乡）人。道光二年（1822）补博士弟子员。后课徒训子以终其身。有《幽湖百咏》。

濮元帅园

元帅园亭蔓草陈，帝甥铁券更何人。

只今驸马南朝树，绿遍年年鸭脚春。①

（《（民国）濮院志》卷十二）

◎陆　埈

陆埈（1155—1216），字子高，绍熙元年（1190）进士。有《益斋集》。

和奚宰春风楼即事②

恍然楹桷架虚空，意象经营九仞功。

三载笑谈杯酒里，一时人物画图中。

金兰托契从今始，玉烛迎和与众同。

却笑楚台雕篆客，强生分别诧雄风。

（《宋诗拾遗》卷十九；元《至元嘉禾志》同题诗载作者为赵汝龙；明万历《崇德县志》《全宋诗》等均载为陆埈）

① 鸭脚，银杏树的别名。树叶似鸭掌状，故称。濮院有一宋代银杏树，传为濮凤手植。

② 春风楼，在崇德县治（今崇福镇）东南三十步，宋知县奚士达以观风亭改建。淳祐间知县黄元直重修。

◎ 陈　吕

陈吕，字锦雯，清石门县（今桐乡）人，诸生。有《语溪百咏》。

春风楼

观风何似挹春风，桃李阴阴化育中。

为吊空名发惆怅，几能生际汉文翁。

（《（光绪）石门县志》卷一）

◎ 朱彝尊

（简介见前）

鸳鸯湖棹歌一百首（选一）

小妇春风楼下眠，与论家计最堪怜。

劝移百福坊南住，多买千金圩上田。①

（《曝书亭集》卷九）

◎ 陈　庆

陈庆，里居未详。《乌青文献》云："宋崇宁间监镇官。"

① 旧注："石门有春风楼，钱塘应才为嘉兴学正，婢曰'陆小莲'，百福坊人。贝琼元末避地千金圩。"

上智潭[①]

彼美上智潭，宦游来一瞻。早暵何曾竭，滂沱亦不添。

夜深明月漾，岁久老鼋潜。胜概呈佳景，吴兴地所专。

（《乌青文献》卷六）

◎ 胡　敏

胡敏，字中行，号浮澜先生。明乌镇人。为乌镇九老会之一。善诗。

上智鼋潭

碧潭谁凿古祠前，潭底潜通小洞天。

老鹤投踪停浅溆，神鼋曳尾伏深渊。

冰壶雨霁蟾光映，玉鉴云开塔影圆。

四面石栏多胜概，游人来往日骈阗。

（《重修乌青镇志》卷五）

◎ 鲍正言

鲍正言，字慎父，原籍安徽歙县长塘。鲍廷博孙。居乌镇杨树湾。

① 上智潭，位于乌镇乌将军庙前，紧邻白莲寺，边有唐代银杏树。系一口直径四十米的浑圆池潭，唐宋时已成繁盛之地。

秋日上智潭观荷

古社多幽趣，疏荷水一方。闲情怀洛浦，半面感徐娘。

风叶云翻墨，秋心子满房。翛然成小憩，喜尔耐炎凉。

（《（民国）乌青镇志》卷三十六）

◎沈　周

沈周（1427—1509），字启南，号石田，晚号白石翁，长洲（今江苏苏州）人。有《石田集》《石田稿》《石田文钞》《石田先生诗钞》。

过甑山[①]

林麓萧萧寺，门幽不藉扃。蒸云山拟甑，障日树为屏。

老衲不下座，对人还诵经。闲来复闲去，空损石苔青。

（《石田集》五言律）

◎仲弘道

（简介见前）

甑　山

谁家遗巨甑，突兀作丹邱。

经岁无人到，烟云自去留。

（《（嘉庆）桐乡县志》卷一）

---

① 甑山，位于原炉头镇姚堡里金牛塘边一土墩，钱镠后裔钱贡等聚族于此。

◎ 潘学山

潘学山，字立旃，清桐乡廪生。有《虚舟吟草》。

随客星山人及诸同志谒杨园张先生墓[①]

明季大道塞，洛闽埋荆榛。[②]姚江开一花，[③]迷目夸鲜新。

杨园廓清之，瓣香独求真。识高守乃固，力久学弥纯。

幽光掩荒草，潜德嗟沉沦。有墓傍庐侧，临流陂不平。

马鬣四尺封，主祀惟旁亲。岂知百年后，知我得其人。

督学崇真儒，标题镵翠珉。碑高七尺强，山骨何嶙峋。

字雄拏蛟螭，濡笔陈山人。山人继高躅，幽栖远嚣尘。

私淑传嫡乳，学同杨园醇。庞眉曳鸠杖，擎跽申忱恂。

同人次礼拜，臭味亦相因。每怪声利场，俗学互相嗔。

焉知坟遗蜕，清风超群伦。桑柘满四野，墟落仍结邻。

行行重感叹，日落西溪滨。

（《桐溪诗述》卷八）

◎ 徐鉴春

徐鉴春，字云麓，清德清廪贡，有《花树轩吟草》《居敬轩杂草》。

---

① 杨园张先生墓，在炉头（今乌镇）杨园村北西溪桥南。乾隆十六年（1751），浙江学使雷鋐题碑曰“理学真儒杨园张先生之墓”。同治三年（1864）左宗棠捐廉大修，并自题墓碑曰“大儒杨园张子之墓”。

② 洛闽，洛学和闽学的合称，即程朱理学。

③ 姚江，指王阳明之心学。

谒张杨园先生墓

夙诵备忘录，景行在千古。轻舟泊桐水，整衣度林隖。
步入杨园村，幽宫展抔土。先生此永宅，肃拜呼俦侣。
荒草凄暮烟，苔碑蚀秋雨。先生事蕺山，[1]实践务艰苦。
力绍濂洛宗，[2]不阿传习语。[3]穷经复灌园，一介严取与。
遭时遘阳九，高隐松菊墅。百年遗风存，人来小邹鲁。
安得起先生，纯修示芳矩。云远子陵堂，[4]水清柴桑渚。
萧然对松楸，欲去更延伫。惜无世守人，崇祠荐椒醑。
归途趁斜曛，遗容瞻梵宇。砥行士所难，结社谁接武。
独立念遗编，清风吹兰杜。

（《两浙輶轩续录》卷三十四）

◎ 皇甫樉

皇甫樉，字养廷，一字竹瀼，号槐里，晚号双溪钓叟，桐乡青镇（今乌镇）人。清乾隆丁酉（1777）举人，官孝丰县教谕。有《勘书阁诗集》《牛铎集》《双槐里居士逸文》。

---

① 蕺山，代指刘宗周。
② 濂洛，北宋理学两学派。“濂”指濂溪周敦颐；“洛”指洛阳程颢、程颐。
③ 传习语，即王阳明所著《传习录》。
④ 子陵堂，指严光（子陵）。

辅潜庵墓[1]（选一）

师友渊源出考亭，[2]说诗匡鼎最知名。
乡贤难得又名宦，辅汉卿兼黄直卿。[3]

（《桐溪诗述》卷十二）

◎ 黄宗羲

（简介见前）

拜辅潜庵先生墓

草难埋没水难龈，五百年来辅氏坟。
日暮碑生牛角火，秋深绿变女腰裙。
一时伪禁人将散，[4]千古微言赖所闻。[5]
弟子朱门无列传，凭谁好事托斯文。[6]

（《南雷诗历》卷二）

---

① 辅潜庵墓，即辅广墓，在南村之南一里许辅家浜，又一在经堂桥下，今属桐乡东北部的乌镇、濮院镇范围。

② 考亭，代称朱熹。

③ 黄直卿，即黄榦，字直卿。

④ 伪禁，指宁宗初以赵汝愚、朱熹为首的朝野文武五十九人为“伪学”党籍一事。

⑤ 旧注：“潜庵记甲寅以后所闻。”

⑥ 旧注：“议重为立碑。”

·藏书名楼·

桐乡是书香之地，所谓“好读书，虽三家之村，心储经籍”。乌镇为梁昭明太子读书处，开桐乡文运之始，后有宋陈与义简斋读书芙蓉浦，翰墨千载，读书藏书之风盛行，而以清代最甚。举其突出者，有吕留良的“天盖楼”、吴之振的“黄叶村庄”、鲍廷博的“知不足斋”、金檀的“文瑞楼”、金德舆的“桐华馆”、汪森昆仲的“裘杼楼”、沈炳垣的“斫砚山房”、劳乃宣的“学稼堂”等，蔚为大观。千年文脉流传有绪，诗书传家之风鼎盛。

◎陈　观

陈观，字尚宾，号桂月，桐乡青镇（今乌镇）人。明弘治五年（1492）举人。授亳县教谕，升州，按例改学正。八年充广东同考。十一年主山西乡试。有《亳州志》。

昭明书馆[1]

前星照后作珠林，书馆成灰岁月深。

不是东皋遗墨在，[2]至今谁识读书心。

（《重修乌青镇志》卷五）

◎舒　位

（简介见前）

青镇梁昭明太子读书台怀古

我昔江都游，欲登文选楼。

烟沙月笛发浩唱，长江之水东西流。

昨从双溪来，仍寻读书台。

东宫三万羽陵蠹，惟有石径长林开。

元瑜初降颖胄死，襄阳城中庆长子。

雅耽文艺乐燕游，腰带十围善容止。

---

① 昭明书馆，在乌镇密印寺东南。传梁萧统师事沈约，遂筑馆宇于普静寺，内有校文台。

② 东皋，指乌镇沈平，号东皋。有《乌青记》，已佚。

后来陈隋擅词藻，花月春江安足齿。

蓬莱文章建安骨，五官八斗差堪拟。

雕文小舸波粼粼，酒酣化作芙蓉云。

昭王南征乃不复，铜辇秋衾愁杀人。

愁杀人，奈何许。高楼既已荒，层台复为宇。

君不闻，松篁夜夜吟风雨，还似维摩读书处。

（《瓶水斋诗集》卷二）

◎ 唐彦扬

唐彦扬，初名匡，字扶摇，号畹农。明乌程乌镇（今乌镇）人。唐世济孙，荫后军都督府都事，入清后绝意仕进，肆力于诗文。

昭明遗馆

夙夜三朝侍寝医，逢迎千里远随师。

馆开博望名徒饰，台筑归来业已迟。

仙驭忽凭乔鹤去，王图终被楚猴移。

只留文献长编在，付与才人取作诗。

（《双溪诗汇》卷二）

◎ 吴全昌

吴全昌，原名邦达，字荣叔，号香圃，清乌镇人，诸生。有《香草轩诗古文集》《香草轩漫笔》《国朝文雅》。

梁昭明太子读书处

颓垣瓦落烟濛濛，夕阳高挂双塔红。

钟声梵呗起经舍，此是当年帝子宫。

忆昔昭明盛词藻，秘籍琳琅日搜讨。

忽从白下来菰城，绛帷独侍东阳老。[①]

博采骚赋综百家，主器之才诚高华。

楼开文选延名士，邺下陈思何足夸。

惜哉翩翩佳公子，腹笥纷纷富若此。

守文未识经国谟，御侮安邦何所恃。

不然寝门问视年，省亲当思盖父愆。

面牺菜羹谏以道，荷荷安得僧殿眠。

人谓太子未履位，台城兵陷洵天意。

我谓天即永其年，词章岂能敌万骑。

储君懦弱真堪哀，隐侯亦非王佐才。[②]

读圣贤书学何事，佞佛竟任酿祸胎。

朅来梁苑空怀古，铃铎语风碑卧土。

---

① 东阳老，代指沈约，沈曾任东阳太守。

② 隐侯，指沈约，此其谥号。

离宫别馆变招提，春草无情乐园圃。

惆怅书声渺不闻，铜鱼粥鼓妙香熏。

六朝何处寻遗迹，绕树栖鸦啼暮云。

（《双溪诗汇》卷十二）

◎ 沈家珍

沈家珍，字宝传，号朴园，清桐乡人。诸生。有《竹素居诗存》。

昭明太子读书馆

读书馆筑近郊坰，兴废由来岁几经。

草长春深仍吐碧，墩留代远尚名青。

尚书墓古人谁扫，兰若钟鸣客自听。

珍重前星遗像在，崇祠累叶荐芳馨。

（《晚晴簃诗汇》卷九十九）

◎ 卢康锡

卢康锡，字庭五，号健庵。清青镇（今乌镇）人。诸生。有《荫玉堂诗稿》。

昭明读书馆

我家梧桐乡，萧梁留遗事。两镇锁苍烟，中有密印寺。

昔者沈隐侯，展墓偶停辔。青宫何勤学，[1]抠衣函丈侍。

到此辟亭馆，图史都位置。殳山当户青，苕溪映阶翠。

一一几案罗，琳琅收清閟。可惜鹤驾旋，顿惊前星坠。

缥缃渐飘零，吊古惊梦寐。我来拜丛祠，松风谡谡至。

应与文选楼，并题名山志。

（《桐乡诗抄》上册）

◎赵　桓

赵桓，字廷春，晚号云川。明青镇（今乌镇）人。以行医自给。有《乌镇感古集》。

简斋书阁[2]

祇陀园里读书场，小阁清虚万卷藏。

鹦砚研朱流竹露，象签插架散芸香。

青藜夜吐窗前焰，白雪寒分案上光。

欲觅遗坛何处是，几枝松树一僧房。

（《双溪诗汇》卷一）

---

① 青宫，太子居东宫，故称太子所居为青宫，借指太子。

② 题一作“简斋读书阁”，在乌镇寿圣塔院东。宋陈与义卜居青墩读书，有轩面芙蓉浦，曰“南轩”。元至正间，天台法师缮治之，吴兴虚斋赵侯为作篆，颜其内曰“简斋读书处”，外曰“南轩”。

◎ 凌　夔

（简介见前）

陈简斋读书处

芙蓉洲上小旃林，先达遗踪不可寻。

春水渐平芳草岸，午钟轻动落花阴。

舟回浅渚晴烟破，人渡横塘绿雾侵。

记得简斋诗句好，溪桥闲眺一高吟。

（《桐溪诗述》卷二十四）

◎ 陈曾祉

（简介见前）

宋景濂先生读书处[①]

泾上春水碧，重林色苍苍。

闻昔宋学士，读书梅花庄。

长松荫颓檐，瘦竹围短墙。

当时孰来往，云是刘与方。[②]

经纶佐廊庙，著述堆琳琅。

一代推巨儒，千秋重瑶章。

---

① 宋景濂先生读书处，在濮院梅泾桥西，双贤桥南。元濮允中建，以宋濂读书在此故名。

② 旧注：“谓青田、正学两先生。”

徘徊石桥畔，曲折泾水长。

梅花自开落，岁岁怀孤芳。

（《濮川诗钞·心隐集》）

◎ 朱鸿猷

朱鸿猷，字仲嘉，号芗圃。清桐乡诸生，迁居平湖。有《陟岵吟》《卫生明训》《养生必读》。

访宋景濂先生读书处

老梅绕径发清香，共识先生旧隐场。

吊古忽来明月夜，寻幽恍入白云乡。

文章垂世名犹在，台榭经年迹已荒。

翘首临风怀故里，金华山色自苍苍。

（《桐溪诗述》卷十四）

◎ 陆兴忠

陆兴忠，字佩良，清桐乡屠甸人，诸生。

访宋太史濂读书台

太史东南秀，绩学自幼小。生也何不辰，适丁元末造。

时晦方遵养，却聘节矫矫。道服人仙华，孝养恋昏晓。

真人淮泗起，[1]除残奉天讨。赫矣胡将军，商山荐四皓。
公也居其一，出山非小草。东观摛文华，青宫资师表。
筹画参兵机，笔削垂史藁。开国著元勋，自昔文臣少。
尚忆未遇时，世乱正俶扰。云台他日画，砚田平生宝。
笔耕信淹留，旅食任缥缈。小筑濮川濆，读书惬素抱。
昭明躅堪追，顾况风斯绍。朅来梅花泾，兹台迹如扫。
地僻窜鼯鼪，泾荒乱蓬葆。竹外映疏花，林端送啼鸟。
高人不可见，旧事犹堪考。吁嗟茂州窜，感叹夔州道。
我思公抽簪，当年非不早。急流乃勇退，阖门堪娱老。
如何无妄灾，白首竟难保。功名鲜克终，文章空自好。
酾酒一临风，千载令心悄。

（《桐溪诗述》卷十六）

◎张　超

张超（1610—1688），字伯升，号蘖持，桐乡青镇（今乌镇）人。顺治十二年（1655）进士，官华亭知县。后以误粤饷罢归。有《蘖持堂文集》《服雅堂诗选》。

人日怀炎贞键楼读书[2]

风雨潇潇度人日，谁家彩胜斗春容。

① 真人，指朱元璋。
② 键楼，系明末清初张炎贞于乌镇所建读书楼。

惭予尊酒消残昼，羡尔书城对两峰。

帷下三年怀董相，楼高百尺臣元龙。

流光浪掷真知惜，老去犹思秉烛从。

（《桐溪诗述》卷四）

◎ 仲弘道

（简介见前）

戍上张炎贞山斋

宅后携锄手磊山，眼前邱壑戴霜颜。

眠来松竹常萦梦，兴寄烟霞自掩关。

谷口栖真超世网，百泉高啸出人间。

著书且作千秋叶，荆首浮云任往还。

（《濮川诗钞·瓯香集》）

◎ 叶昌炽

叶昌炽（1849—1917），字兰裳，又字鞠裳、鞠常，自署歇后翁，晚号缘督庐主人。原籍绍兴，后入籍长洲（今苏州市）。光绪进士，官至甘肃学政。有《语石》《藏书纪事诗》《缘督庐日记》。

金檀星轺孙可垛心山

丹凤梧桐别旧栖，桃花红到武陵溪。

写生亦复含书味，沧海居然到一蠡。

（《藏书纪事诗》卷五）

吕留良庄生子葆中无党

可怜坊社但狺狺，心学姚江竟反唇。

觑破东书堂内案，不禁齿冷到光轮。

（《藏书纪事诗》卷四）

贮云居冯应榴星实弟集梧轩圃①

集注标题五百家，此风作俑自麻沙。

东坡居士如相见，捧腹难禁鴮鴮哇。

（《藏书纪事诗》卷五）

◎杨钟羲

杨钟羲（1865—1940），姓尼堪氏，原名钟广，后改名钟羲，冠姓杨，字子勤，号留垞，又号雪桥等。光绪十五年（1889）进士，授翰林院庶吉士，官江宁知府。有《雪桥诗话》。

① 贮云居，为乾隆进士江西布政使冯应榴及其弟乾隆进士官编修的冯集梧共建的藏书楼。冯氏兄弟富藏书，精校勘。

文瑞楼桐乡金鄂岩题词[1]

文瑞楼空黯夕阴，当年万卷供闲吟。

青邱诗格清江派，[2]自是中闺得力深。[3]

（《雪桥诗话余集》卷五）

◎ 朱鹤龄

朱鹤龄（1606年—1683年），字长孺，号愚庵，吴江人。诸生。有《毛诗通义》《愚庵小集》等。

过华及堂酬晋贤次韵[4]

君家兄弟气如虹，比兴抽毫句并工。

玉斝乍挥浮竹叶，金徽徐引泛松风。

共看剑气连书屋，不觉霜华上井桐。

醉后放谈弥滚滚，浑忘今夕是衰翁。

（《愚庵小集》卷五）

---

① 文瑞楼，位于桐乡县城，系嘉庆年间金檀所建藏书楼，以明人集部为最。

② 青邱，指明代高启所作《青邱高季迪先生诗集》。清江，指明代贝琼的《贝清江诗集》。

③ 旧注："文瑞楼为其尊人仑圃寺丞注书处，仑圃刊《青邱清江诸集》，安人女红之暇辄能成诵。鄂岩，其从子也。"

④ 华及堂，位于桐乡县城东偏，汪文桂、汪森弟兄所建别业。

◎钱　载

（简介见前）

华及堂桐花歌同汪七署正筠作

清明桐始花，逾月黄乱吐。

当暑碧潇洒，晴粉坠无数。

桐溪小堂留客住，卧起婆娑一桐树。

柔条黯澹封暖烟，细朵零星蓄清露。

丹山万里仙窟殊，桐生何啻千百株。

尔何落尘土，蔽此庭西隅。

园丁笑等散材舍，我且弦琴鼓其下。

月阶碎扑太古香，凝入冰丝不能泻。

花花空胜金，老干伤孤心。

秋风未尽还秋雨，满地桐阴与草深。

（《萚石斋诗集》卷一）

◎俞　玚

俞玚，字犀月，清长洲（今属苏州）人。有《旅农诗略》。

裘杼楼藏书赠汪晋贤[①]

忆昔诵君诗，始闻裘杼楼。

---

① 裘杼楼：位于桐乡县城东偏，汪文桂、汪森弟兄所建别业，存有大量图书。

裘杼楼高渺天末，光华欲与春云浮。

君家好诗诗总好，今日登楼为君道。

楼头啸咏欲惊人，笔下风云恣挥扫。

冰壶濯月春柳新，知君胸次无点尘。

读书便须破万卷，如此岂是寻常人。

江波淼淼苍烟积，我来适是楼头客。

缥缃十乘整牙签，目眩藜光映空碧。

秦碑汉隶次第寻，如坐武库探奇珍。

澄心堂纸鹅溪绢，并入高楼照古今。

俗下文章易草草，人生读书何不早。

但教好古辨丹黄，那得令人不倾倒。

池塘芳草春渐长，春花拂槛东风香。

君家兄弟并才俊，弄墨挥毫孰短长。

余生亦是耽书者，穷巷萧然愧疏野。

近从唐宋溯羲农，万古茫茫为谁写。

登楼四顾心踌躇，气象为之一展舒。

看花对酒亦佳事，有眼遍阅人间书。

名场扰扰多刺促，读书岂不如粱肉。

焚香晏坐对古人，寂守衡茅亦心足。

风骚结伴秋复春，桐溪烟雨接芳辰。

君今百尺楼头坐，自有余光照四邻。

（《桐溪诗述》卷二十一）

◎俞南史

俞南史，字无殊，号鹿床。清吴江人。诸生。有《鹿床稿》。

华及堂坐雨书呈周士晋贤

庭芳狼藉渐成茵，忽忆家园草木春。

千树梅花偏作客，一溪风雨惯留人。

红螺泛酒灯前醉，素茧题诗砚北新。

不是主人深结好，那能欢聚动经旬。

（《桐溪诗述》卷二十一）

◎吴　骞

（简介见前）

顾氏读画斋图[①]（选一）

一曲幽居近水关，双峰兰若对横山。

闲来读尽君家画，恍坐云林十万闲。[②]

（《拜经楼诗集》卷十一）

---

① 读画斋，石门（今属桐乡）人顾修移居桐乡，筑此藏书楼。顾精目录学，以其所藏汇刻《读画斋丛书》《汇刻书目初编》等。

② 云林，元代画家倪瓒的别号，此代指顾氏读画斋。

◎朱方增

朱方增（1777—1830），初字寿川，更字虹舫，海盐人，祖籍桐乡。嘉庆六年（1801）进士，累迁翰林院侍读学士、内阁学士。有《求闻过斋诗集》等。

菉厓以读画斋丛书见赠即和菉厓百叠东坡韵志谢并以留别

郷嬛福地縋幽熟，满目球琳窥简竹。

异书似借汉荆州，别序翻成李盘谷。

天涯骢马识君迟，海上乌蟾催我速。

黄尘五斗拂征衣，山山种遍相思木。

（《求闻过斋诗集》卷一）

◎顾　修

（简介见前）

读画斋

小筑前矶第一湾，豆花篱角且怡颜。

曾留秾绿常开径，只爱丹青不买山。

高卧如游三岛外，置身却在五车间。

茅斋终日供消遣，笑看溪云似我闲。

（《两浙輶轩续录》卷二十三）

◎ 施宪祖

施宪祖，字诒谷，号莪村。清乌镇人。上舍生。有《莪村诗草》。

题顾菉厓读画斋

筑室山之幽，石濑粼粼响。中有读画人，科头披鹤氅。

林泉得潇洒，小径通略彴。四顾寂无人，空山松翠落。

（《双溪诗汇》卷七）

◎ 赵怀玉

赵怀玉（1747—1823），字亿孙，号味辛，又字印川，武进人。有《亦有生斋集》。

冬至前一夕宿桐华馆[①]

峥嵘短至客中过，香散黄梅入酒螺。

天为久晴初放雨，人余结习且高歌。

远书乍喜征鸿到，[②]邻笛频伤宿草多。[③]

今夜夜长寒更紧，烧灯莫惜醉颜酡。

（《亦有生斋集》诗卷三）

---

① 桐华馆，系金德舆建于桐乡县城祖居内的藏书楼，累世所藏书法名画和宋元刻本皆收贮其中

② 旧注：“时得方兰坻书。”

③ 旧注：“谓钱进士伯埛、陈明经峻德。”

◎方　薰

（简介见前）

寓桐华馆有年矣其间庭花石竹皆有余留憩之迹且为迁徙而去濒行题壁以志平生

主客投欢夙有因，此间旅食几冬春。

何如三宿桑门释，[1]毕竟孤踪传舍人。

久别友朋还问讯，濒行鱼鸟更情亲。

难忘拂石摊书处，一树江花绕梦频。

（《两浙輶轩录》卷三十二）

◎吴　炎

吴炎（1624—1663），字赤溟，号赤民，吴江人。诸生。明亡后，改号赤民，寓居乌镇。因庄廷鑨《明史辑略》案，于康熙二年被处死。有《今乐府》《松陵文献》《国史考异》《韭溪集》。

题徐子旉声最斋[2]

万卷读不破，吟声户外长。何须歌雅曲，已觉中宫商。

夜雨下梧叶，晨鸡傍草堂。孔明抱膝处，暂欲卧南阳。

（《桐溪诗述》卷二十四）

---

① 桑门，“沙门”的异译，即僧侣。

② 声最斋，在青镇（今乌镇）芙蓉浦，为诸生徐震亨所筑书斋。

◎ 徐震亨

徐震亨，字东敷，号乾一，清桐乡青镇（今乌镇）人，年十八补弟子员。后筑室青镇芙蓉浦曰“溪南草堂”。著书十余种，有《声最斋集》《西溪杂咏》。

声最斋

书田待终亩，何似慰吾生。腹俭惭三箧，家贫拥百城。

晨星摇蠹简，夜雨听鸡鸣。抱膝长吟处，古人多令名。

（《（光绪）桐乡县志》卷五）

◎ 吕留良

（简介见前）

新秋观稼楼成（选一）

历历高明云物新，向来蒙翳总微尘。

无多敢架三层屋，不碍还容百辈人。

恶竹阴藤经锻炼，碧梧乌桕露精神。

万方一概声逾晚，独倚危栏病后身。

（《吕晚村诗》之“零星稿”）

◎ 胡直方

胡直方，字真吾，号圆表，清石门（今桐乡）人，由岁贡任兰溪教谕，辑有《安定正学承启录》《就正录》。

观稼楼落成自遣[①]（选一）

槛外风烟未有涯，床头干挂旧青鞋。

久知望远登高乐，近觉求田问舍佳。

邀得好风秋入坐，护教残月冻升阶。

平生心事消磨尽，肯为行藏动老怀。

（《两浙輶轩录》卷三）

◎ 钱泰吉

钱泰吉（1791—1863），字铺宜，号警石，别署深庐、冷斋，嘉兴人。道光丁亥（1827）官海宁州训导，后执教于安澜书院。有《甘泉乡人诗文稿》《甘泉乡人迩言》《清芬世守录》《颐合室合稿》《海昌学职禾人考》。

沈晓沧炳垣寄赠上海徐君渭仁新刻顾涧蘋思适斋集媵以长篇次韵奉答[②]

广求善本正谬误，近日吴门推二顾。[③]

梦寐频年思适斋，惜哉老死不相遇。

---

① 按，此诗亦见于《吕晚村诗》之“零星稿”，为《新秋观稼楼成》四首之三，《两浙輶轩录》似误收。

② 沈晓沧，即炉镇（今乌镇）沈炳垣，有藏书室斫砚山房，好藏书。有《斫砚山房草》。

③ 旧注：“涧蘋与其从兄抱冲。”

沈侯嗜好别流俗，休沐逍遥辞剧务。
好事近得郁与徐，[①]异书校勘为点注。[②]
怜余独学苦索居，移赠新编烦健步。
脊令急难痛梁园，[③]邛岠因依失学圃。[④]
暇日空闻求友声，何人更说述书赋。[⑤]
感君情重胜分金，顾我愁深敢披布。
平生漫想抱遗经，阁置何殊什物库。
开缄一读得欢颜，把卷重思转沉痼。
涧蘋能订抱冲书，[⑥]许剑深情托豪素。[⑦]
我惭家学失根源，枉自童年受章句。
与君二纪乡县隔，知君情亦感亲故。
我兄遗稿待编摩，请君大笔为论著。
伊谁欣赏枣梨传，我愿托交金石附。

（《甘泉乡人稿》卷二十四）

◎ 郑以嘉

郑以嘉，字山芗，清青镇人（今乌镇）。桐乡县学增广生员，寄居新塍。

---

① 旧注：“上海郁松年泰峰所刻《宜稼堂丛书》若干种，晓沧亦曾相赠。”
② 旧注：“郁、徐两君所刻书皆晓沧精心为之校定。”
③ 旧注：“从兄衎石四月初卒于大梁。”
④ 旧注：“学圃为金岱峰郡城旧居，岱峰近自临安移官温州，相距更远矣。”
⑤ 旧注：“宾众著述书赋，兄蒙谓为精穷要旨，见《法书要录》。”
⑥ 涧蘋：即顾广圻（1766—1835年）。清著名校勘学家、藏书家、目录学家。
⑦ 旧注：“见集中《百宋一廛赋》。”

有《谷口山房吟草》。

珠村草堂歌[1]

谷口主人吟兴狂，晨起索笔歌草堂。
草堂何处劳延企，沙明水碧珠村里。
五架三间新筑成，梦庐居士今张衡。
翰墨场中斫轮手，此才何止能研京。
玉堂之署难骤到，不如临流结屋自家隙地劳经营。
堂前有古槐，清荫当轩楹。
堂上有图史，缥带流芳馨。
素琴挂壁，丛兰满庭，一编在手形神清。
啸歌时作金丝声，使我跂足生遥情。
岂无崇台与广厦，尸居余气奄忽谁传称。
况君医术高前古，除是扁卢更谁伍。[2]
姓字韩康妇女知，丹砂葛令清羸补。
纷纷世上重钱刀，君独以之济艰苦。
不靳倾囊慰故交，频闻掩骼营抔土。
风义堪教薄俗敦，耳鸣阴德积儿孙。
草堂歌阕重有请，请大于公驷马门。

（《（光绪）桐乡县志》卷五）

---

① 珠村草堂，在乌镇后珠村，为张千里所建藏书处。张氏多藏书，且医名震远迩。
② 扁卢，泛指名医。战国名医扁鹊又称卢医，故云。

◎汪　熙

汪熙，字学文，号槐庐，晚年号破墙，清乌程（今湖州）人。布衣。有《破墙小草》。

访张梦庐即题珠村草堂言

几归园林里，梅花香欲开。雪随残腊尽，风带早春来。

人静唯词鹤，门闲不扫苔，知音应可遇，肯抱素琴回。

（《桐乡诗抄》下册）

◎周士焖

周士焖（1802—1857），字守坚，号铁崖，一作铁霞，桐乡青镇（今乌镇）人，寄居吴江震泽。道光间与弟士炳同举于乡。咸丰癸丑（1853）考取内阁中书。

上巳前一日圣雨斋小饮分得天字赠施吟梅①

快伴相知结酒缘，红酣绿战共开筵。

花培化雨应名圣，竹醉深林幸有贤。

韵事才分工部句，风流不让永和年。

踏青预订明朝约，好访桃源小洞天。

（《双溪诗汇》卷十五）

---

① 圣雨斋，系明末周拱辰建于炉头皂林的藏书室。其后人也以此为藏书室名。

◎ 方成珪

方成珪（1785—1850），名一作成圭，字国宪，号雪斋，又号宝斋，瑞安人。嘉庆二十三年（1818）举人。官海宁州学正，升宁波府教授。有《集韵考正》《字鉴校注》《韩集笺正》《宝研斋诗钞》。

戊戌秋日砚香舍旁新建一楼颜曰待雪作此言谢①（选一）

意匠营成万卷楼，乾坤清气此中收。

俄闻待雪颜新额，想见临风忆旧游。

摩诘诗亭缘孟筑，陈蕃宾榻为徐留。

由来古月同今夕，一色银蟾照素秋。

（《崇福镇志》第三十编）

◎ 蔡载樾

蔡载樾，号砚香，石门（今崇福）人。清嘉庆十三年（1808）秀才，历任安吉、余杭训导，淹雅好古，博学多识。

和　作

郎当溪屋忽层楼，心事王郎笔应收。②

话雨多年重待雪，故人无恙订新游。

---

① 待雪楼，道光年间由蔡载樾建于崇福镇，内设“砚香室”，收藏诸多古书名帖和珍贵文物。

② 旧注：“十年前，王椒畦先生作浩雨西窗笺二图。李金澜广文题句：王郎画手推前辈，宁取西省第二图。泾屋郎当云树远，怀人心事手能摹。”

落岑气谊如君少，鸿爪因缘为我留。
相望转嫌开径晚，空孤明月满庭秋。

（《崇福镇志》第三十编）

◎ 劳乃宣

（简介见前）

归舟后咏之学稼堂①

虚斋无壁书为壁，三万琳琅抵百城。
四座古人常晤对，不知尘世有浮名。
粲粲诸雏半黠痴，阿翁聊作抗颜师。
琅琅入耳书声熟，恍忆当年客授时。

（《归来吟》下）

① 学稼堂，系清同治进士、学部副大臣劳乃宣在桐乡县城宏远桥堍宅中所建藏书楼，其中分甲乙丙丁戊五部藏书。

·山水名园·

“不入园林，怎知春色如许”。桐乡自古江南繁华之地，文人荟萃之邦。既有像吕留良、吴之振这样的名人造就的“友芳园”、“黄叶村庄”，但更多的是一些名不见经传的文人所建园林。他们寄情江南风景，吟唱桐邑风土，可以说，关于桐乡园林的文人咏叹，就像园林里那些花花草草一样的繁多。有些园子，如同朝代更替，也便“一朝势去”。久而久之，渐渐地只留些颓垣断井，剩水残山了。可那一山一水，一草一木，一窗一门，一廊一柱，还凝聚着独属于园林的荣衰。将一段段桐乡园林的兴衰历史连缀起来，便是镌刻在大运河畔桐乡大地上的岁月章回！

◎王　炎

王炎（1137—1218），字晦叔，一字晦仲，号双溪，婺源（今属江西）人。宋孝宗乾道五年（1169）进士，历官知湖州府。有《双溪类稿》

张德夫园亭八咏·梅隐[1]

闻君家有十亩园，竹逾万个花亦繁。

门楣大字扁梅隐，要与梅兄同岁寒。

问君小隐亦何好，脚踏风波身易老。

花虽不语解笑人，似隐又非何草草。

破雪暗香先得春，青州从事如春温。

女奴洗玉歌一曲，对花举酒成三人。

饮酣拔剑气方怒，汴洛神皋难北顾。

手提万骑属櫜鞬，未可为梅空隐去。

（《双溪类稿》卷六）

◎莫若冲

莫若冲，字子谦，居崇德（今桐乡）。宋孝宗淳熙十一年（1184）进士。除大理寺丞、知永州，不赴。有《语溪文集》。

石门张氏园[2]

为米徒劳束带难，当时彭泽便休官。

① 张德夫园，指石门东张氏园，为施州刺史张子修所筑，仿兰亭曲水之胜。子修尝监石门酒库，遂家于此。

② 张氏园，指石门西张氏园，为迪功郎张汝昌所筑。

高情曾赋归来句，尽入名园扁署看。

（《（康熙）石门县志》卷十）

◎戴　敏

戴敏，字敏才，号东皋子，宋台州黄岩人。有《东皋集》。

游张园[①]

乳鸭池塘水浅深，熟梅天气半晴阴。

东园载酒西园醉，摘尽枇杷一树金。

（《宋诗钞补·东皋集补钞》）

◎魏　楷

魏楷，字良谟，崇德人。明正德庚午（1510）贡，官顺昌县令。有《怀民集》。

张氏园

雨花园在玉溪头，曾属张朗载酒游。

今日凄凉旧金谷，夕阳衰草动人愁。

（《槜李诗系》卷十一）

---

① 或作“初夏游张园”。

◎诸　俌

诸俌，字阳伯，号苎村，嘉兴人。明正德十二年（1517）进士。官至贵州副使。

东皋园[①]

寒烟衰草一萧萧，歌舞曾传乐事饶。
古树颓垣无系马，夕阳深径有归樵。
樽空落月吟魂杳，花老残春蝶梦销。
何事池蛙谙鼓吹，恼人鸣向可怜宵。

（《（光绪）桐乡县志》卷五）

◎李　乐

（简介见前）

东皋泽

凿池叠石如富，布袍疏食宜贫。
君撰镇纪余续，[②]千古合为一人。

（《（民国）乌青镇志》卷十七）

① 东皋园，在乌镇广安桥内，系宋时高士沈平所居。叠石为山，植梅百本。
② 全句意为沈平撰《乌青纪》，李乐则续写《乌青镇志》。

拳勺园①

勺水风波不起，拳石意趣常嘉。

主人有此乐地，何须再问桑麻。

（《双溪诗汇》卷一）

◎ 文征明

文征明（1470—1559），原名璧，字征明，长洲县（今苏州）人。嘉靖二年（1523）以岁贡生参加考试，被授翰林院待诏，三年辞职归里。有《甫田集》。

横山堂小咏②

雨涤山花湿未干，野云流影入栏杆。

泉声漱醒山人梦，一卷残书竹里看。

（《双溪诗汇》卷二十一）

◎ 祝允明

祝允明（1461—1527），字希哲，自号枝山，长洲县（今苏州）人。弘治五年（1492）中举。嘉靖元年（1522）由广东兴宁知县转任应天（今南京）府通判。有《枝山文集》《祝氏集略》《祝氏小集》。

---

① 拳勺园，在青镇（今乌镇），为李乐所居。即宋沈平东皋园故址。园有八景，临川皆有题咏，分别为东皋泽、餐英馆、青莲居、如意石、长啸亭、真隐楼、闲吟亭。李乐有《拳勺园小刻》。

② 横山堂，在乌镇北栅狮子巷北，明代州判王济（雨舟）所造。园内亭台间列，流觞曲水。

过王氏园题壁

亭子罗春偶一来，将离零落锦葵开。
红颜可惜难持久，白发如何不怕催。
书剑薄游宽宇宙，峰峦秀列小蓬莱。
绿阴门巷南熏里，喜教流莺侑酒杯。

（《双溪诗汇》卷二十一）

◎顾应祥

顾应祥（1483—1565），字惟贤，号箬溪，长兴人。弘治十八年（1505）进士，官至南京刑部尚书。有《传习录疑》《致良知说》《静虚斋惜阴录》。

王山人山居

山人构山居，山深不嫌僻。开门面嘉树，结宇倚层壁。
晒药上栏干，峰回无日色。蒙密覆桐华，悠然山间宅。
白云四望深，红尘千里隔。夷犹驾鹿车，偶遇采芝客。
相对共忘言，风吹古台柏。

（《双溪诗汇》卷二十一）

◎张　寰

张寰（1486—1581），字允清，昆山（今江苏昆山）人。正德十六年（1521）进士。官至通政司右参政。

横山堂宴集

听雨名花前，俯景乐平泉。调笑欲忘形，缱绻未言旋。
茂叔窗有草，渊明琴无弦。横山列秀峰，嘉树罗轻烟。
雅谊流觞续，重拟夜床联。通家谁独在，惊问我何年。

（《重修乌青镇志》卷五）

◎ 孙一元

孙一元（1484—1520），字太初，自称关中（今陕西）人。正德十三年（1518）卜居乌程（今湖州），号太白山人。有《太白山人漫稿》八卷。

题王伯雨园亭（选一）

乍返河阳道，忽作双溪游。草堂开野色，竹涧泻清流。
地僻红尘断，天空宿雨收。主人耽逸兴，酬句未能休。

（《双溪诗汇》卷二十）

◎ 唐守礼

唐守礼，字敬甫，号振山，乌镇人，明隆庆四年（1570）举人。房山教谕，升望江知县。

拳勺园

曾是东皋行乐地，参知此日复开园。
名留天壤人俱美，身系纲常道益尊。

直取木鸡聊玩俗，更怜寿胜独当门。
三山桃李皆乔阴，会把清风世世存。

（《重修乌青镇志》卷五）

◎ 唐世济

（简介见前）

春日过李参知拳勺园

解组甘高卧，无营日掩关。那知金紫贵，自爱薜萝闲。
酒熟花前社，诗成竹外山。春来膏雨足，携杖听潺湲。

（《重修乌青镇志》卷五）

◎ 方　择

方择，俗姓任，字云望，后称冬溪，号无参，明嘉善人。居秀水精严寺。工吟咏。有《冬溪内外集》《华严要略》。

过李参藩园中

春老郊园雨亦晴，客来犹喜听啼莺。
亭间片石窥檐立，花底香风拂席生。
寓目自饶林水致，凭栏多识草虫名。
移时款语将归去，回首溪头夕照横。

（《（民国）乌青镇志》卷十七）

◎ 颜俊彦

（简介见前）

题灵水园诗[①]

余戊子春为绿林所驱，憩灵水园中。喜其在尘市，而一湾流水、数步小桥，转眼别一洞天，恍惚武陵再渡，不知园之为园也，因歌以纪之。

三吴人家多名园，引水筑山斗能事。
一亭一榭费踌躇，位置花石皆有致。
总在浓淡远近间，惨淡经营绝拟议。
胸中变化蕴不精，结构虽工失高寄。
我怪作园俨似园，溪径雷同良可喟。
吾友灵水有旷襟，置身邱壑无宿累。
日夕推敲三十年，园成废久宾客弃。
吾以避难来此中，一枝借栖良自愧。
暴客凭陵奚足憎，宛转引人入胜地。
屈指多年岁月深，石痕苔驳墙薜荔。
竹木交加曲径通，老树杈枒发新翠。
阑干曲曲水湾湾，亭榭微带荒寒意。
万物贱旧而贵新，园新恒嗔山水伪。
笔墨脱化近自然，造园作画同一类。
婆娑久之悟斯理，聊书短什作园记。

（《双溪诗汇》卷一）

---

① 灵水园，在乌镇西栅放生桥南，崇祯初明经唐泷所建，也称唐园、灵水居或西园。

◎ 毕纬前

毕纬前，字西临，号宿宫，明吴江县学生。有《西临诗弊》。

游唐园感旧（选一）

不到名园二十年，重来临眺总凄然。

行随荒草穿香径，坐傍危栏俯碧川。

高树蝉喧新雨后，短篱花乱夕阳前。

繁华自古消沉易，岂独亭台罢管弦。

（《双溪诗汇》卷二十一）

◎ 王　潜

王潜（1693—1765），字甫瞻，号东皋子，高邮人。

过唐园

故园人已往，荒径客还来。杨柳孤亭圮，芙蓉断岸开。

羽觞谁醉月，蜡屐独登台。宛转回廊立，西风白雁哀。

（《（民国）乌青镇志》卷十七）

◎ 周拱辰

（简介见前）

过唐灵水园

涉趣讵须远，会心良在兹。鱼游窥涤砚，鹤立解听棋。

看竹能留客，无言是我师。黄花镇陪坐，云影匝庭除。

（《圣雨斋诗文集》卷二）

◎ 严　澍

严澍，初名师苏，字学坡，一字伯藩，清桐乡青镇（今乌镇）人。附贡生。藏书万卷，书室曰“榅语山房”，藏书室曰“滴翠楼”。有《榅语山房集》。

春日蠡勺园漫兴[①]

雅爱春光胜去年，先人遗筑傍林泉。

莺啼欲破怀人梦，花落偏当对酒天。

满架酴醾新雨后，隔溪杨柳晚风前。

文章假我和烟景，觅句难工愧象贤。

（《（光绪）桐乡县志》卷五）

---

① 蠡勺园，在青镇芙蓉浦对岸，严渚亭（泳）晚年辟此于宅后，有流杯亭、滴翠楼、曲水平桥等。其子大奎、孙澍复加修葺，时与文人学士觞咏其间。

◎张长均

张长均，字毅安，号铁岑，乌镇人。清乾隆癸酉（1753）举人。官临安教谕。

积雨初晴蠡勺园玉兰盛放喜而赋之

愁霖骤喜放初晴，小苑琼葩照眼明。
蜀后帐开光满室，宋工楮聚缀成英。
禽经只合来闲客，[①]帘押谁能辨水晶。
绝似玉龙鳞甲起，风前可得听琮琤。

（《双溪诗汇》卷五）

◎沈　机

沈机，字尔任，号海鸥，清桐乡濮院人。居梅花泾，自号梅花逋客。有《鹮笑轩稿》《梅泾草堂集》。

题瓯香圃[②]

自锄东圃命瓯香，属我濡豪纪草堂。
座绕茂林时看竹，门临曲水暂流觞。
谢公岂负苍生望，邵老休夸翠瓞长。
指日鹤书腾谷口，野夫那得久徜徉。

（《濮川诗钞・梅泾草堂集》）

---

① 禽经，指传为春秋时晋国师旷所著、晋代张华作注的《禽经》。
② 瓯香圃，在濮院石条街东，为仲弘道所筑，内有兰雪堂。

◎ 周　瞍

周瞍，字旦雯，号缓庵。清桐乡濮院人。有《顺宁楼集》。

过瓯香圃

寂寂泥涂兴转幽，闭门深处足忘忧。
庭余隙地惟栽菊，池引清泉半宿鸥。
无计买山夸锦谷，有时载酒问荒邱。
襟怀何处传消息，一片晴霞古渡头。

（《（民国）濮院志》卷十二）

◎ 陈曾祉

（简介见前）

瓯香圃访仲改庵先生

廿年琴鹤赋归来，别业初成傍水隈。
不许纤尘侵竹牖，只容明月到书台。
牙签锦帙高情寄，杯茗炉香笑眼开。
曲径春深花未尽，频携蜡屐破苍苔。
永蚕屈曲本天珍，嫩碧柔桑摘露晨。
弗笑贪眠复贪食，人间早已望丝纶。

（《濮川诗钞·心隐诗钞》）

◎ 岳鸿业

岳鸿业，一名传经，号半农，清濮院人，家自郡城回迁濮院。有园曰“绿荫”，第宅宏敞。毁于庚申。

自题隐可居①

近市新成一小庄，柴扉倚处稻花香。
敢夸商皓营芝圃，尽学陶潜醉菊觞。
绕屋鸡豚驯自若，压檐桑竹暗何妨。
相逢野老殷勤话，回顾南窗又夕阳。

（《（民国）濮院志》卷十二）

◎ 夏昌垣

夏昌垣，原名尧封，号古畺，清桐乡濮院人。官宁波训导。有《曲江日记》《榆阳楼画论》。

和隐可居元韵

分明摩诘辋川庄，花气熏帘一室香。
人指所居为乐土，天教初度快飞觞。
纵谈山水豪犹昨，间课农桑静不妨。
最好绿阴环匝处，西窗睡起正斜阳。

（《（民国）濮院志》卷十二）

---

① 隐可居，在濮院旧属秀州地界之三塔园桥西，系清岳鸿业晚年所筑。

◎ 钟承藻

钟承藻，字稚鹤，号芝台，廪贡生，清桐乡濮院人。署孝丰教谕，有《卧雪吟》。

和隐可居元韵

偶辞尘市隐村庄，一泾清幽草木香。

懒与儿孙寻笑语，尽邀邻里醉壶觞。

年来世事忙初了，老去生涯澹不妨。

领略躬耕真趣味，结庐珍重学南阳。

（《（民国）濮院志》卷十二）

◎ 沈炘如

沈炘如，字驷襄，号松岩，清乌镇人。沈兆奎孙。清康熙辛卯（1711）举人。

题晚佳轩诗集[①]（选一）

人世朝华似集蝇，晚佳轩内独清澄。

埙篪互叶三更月，诗酒长消一盏灯。

书板润沾花坞雨，管城融透砚池冰。

① 晚佳轩，为康熙时沈受恒（字贞先）所建于乌镇早桥。晚年又构不窥园别业。沈有子六人，受恒、期晋、心益、聚升、定鼎、宜中皆擅吟咏，裒其酬唱诗为《晚佳轩诗集》。

此中占得家风在，阿买还将拾级登。[1]

（《（光绪）桐乡县志》卷五）

◎朱来凤

朱来凤，字征羽，诸生，清桐乡人，以能书名。

初秋诸同人晚佳轩雅集

馆僻多幽兴，尊开尽旧游。云封千树暝，雨过一庭秋。

箕踞谈方剧，披襟暑未收。主人容我醉，明日更淹留。

（《桐溪诗述》卷六）

◎钮之琳

钮之琳，字卞传，附贡生，清桐乡青镇（今乌镇）人。

沈贞先先生斋中假山筑成赋赠

削地铺山静苑中，层层怪石势巃嵸。

割将巫峡三峰秀，分取蓬瀛一涧通。

曲磴上时迎夕照，平坛坐处扑秋风。

因知真假原无定，只在人间有化工。

（《桐溪诗述》卷六）

① 阿买，韩愈子侄的小名，借称子侄。

◎ 欧大任

欧大任（1516—1595），字桢伯，号仑山，顺德人。嘉靖四十二年（1563）以岁贡生试于大廷，列为第一。历官至南京工部屯田司虞衡郎中。有《百越先贤志》《广陵十先生传》，后人汇刻为《欧虞部全集》行世。

友芳园杂咏为吕心文作[①]（选二）

友芳桥

沧漭西池下，芙蓉荫渠水。

几曲赤阑桥，门似高阳氏。

清修草阁

城带御儿溪，林出皋亭巘。[②]

先生不下楼，风篁引云栈。

（《欧虞部集·西署集》卷五）

◎ 胡应麟

胡应麟（1551—1602），字符瑞，号少室山人，兰溪人。万历四年（1576）中举。有《诗薮》《少室山房集》《少室山房笔丛》。

过崇德访朱可大留饮吕明府园亭（选一）

握手天涯话举杯，河阳花色照徘徊。

---

① 友芳园，系明代崇福吕焕、吕炯所建。内有大雅堂、长林亭、水生草堂、静容阁、翳然阁等二十五处胜迹。堂前有梅花石。名取友芳，“志兄弟也，亭池卉木嘉莜映带之。”故址在崇福镇。

② 皋亭巘，皋亭山峰。皋亭，山名，在今杭州北部，称半山。

当年击筑豪燕市，此夜鸣琴坐越台。[①]

龙剑千秋牛斗合，羊裘万里雪风回。

双凫莫问王乔舄，[②]烂漫恩光汉阙来。

（《少室山房集》卷五十一）

◎ 程嘉燧

程嘉燧（1565—1643），字孟阳，号松圆，休宁（今属安徽）人。工诗善画，通晓音律。有《松园浪淘集》《松园偈庵集》《破山兴福寺志》《耦耕堂集》。

题郁振公梅花草堂[③]（选一）

竹寒沙碧堂成处，移得官梅绕屋栽。

未到花时留客坐，恰当人日寄诗来。

出郊路熟香偏早，傍舍春生水正回。

湖畔垂垂天欲雪，乡愁驿信两相催。

（《耦耕堂集》诗卷中）

---

① 越台，传为春秋时越王勾践登眺之台。

② 王乔舄，亦作“王乔屦”，指王乔飞凫入朝故事，出于《后汉书》卷八十二上《方术列传上·王乔》。

③ 梅花草堂，位于崇德县城（今崇福镇），系明末郁振公所建。

◎曹　溶

（简介见前）

题项东井画黄叶村庄图为吴孟举赠[1]

昔贤画品重人物，近代始用山水奇。
辋川北苑好标格，白战安藉胶粉为。
千年沿袭罕杰制，似策款段当金羁。
非关作者腕运薄，灵境未遇难力追。
吴乡胜迹细如发，其间坦迤失险巇。
延陵先生擅丘壑，手挽嵩华开阶基。
沧江一道剪芒忽，卧对终日生清漪。
曲房彷佛美人下，广庭或与高僧期。
昨岁我曾掉船入，自起酌我白玉卮。
遍探窅邈至曛黑，妙得神解非掇皮。
木叶飘飘满溪路，傲岸恰与秋情宜。
一别已伤尘事隔，宁料复慰胸中思。
乃知敏手善体物，满眼萧瑟经营迟。
岂特纤毫极形似，意在写出凌霜姿。
据坐一挥夺万卷，四方宾客合不离。
项子累朝传画诀，[2]谨师堂构加淋漓。

---

① 黄叶村庄，清吴之振所筑，园内“亭台楼榭，曲水回廊，竹洲草庐，小山丛桂”，极具自然雅致。故址位于崇福镇城西门外南沙滩（今桐乡市崇福镇崇德西路东端）。

② 项子，指嘉兴项元汴一族。

平居义不受煎逼，只取放浪酬心知。

此庄此图实交儆，肯学豪俊徒趋时。

（《静惕堂诗集》卷十四）

◎ 释宗渭

释宗渭，字筠士，又字绀池，号芥山，清华亭（今上海市松江区）人，一说太仓人。有《芋香诗钞》。

从曹秋岳司农铁舟将过黄叶村庄猥蒙赋诗言别属寄孟举吴中翰漫次原韵

偶向平泉散旅愁，铁舟深处薜萝幽。

东山何意常高卧，栗里终期选胜游。①

细雨轻烟浮野棹，碧梧丹桂正新秋。

语溪西指无多路，紫气回瞻隔秀州。②

（《芋香诗钞》卷三）

◎ 顾　汧

顾汧，字伊在，号芝岩，原籍长洲（今苏州），大兴（今北京大兴区）人。清康熙十二年（1673）进士，官至礼部右侍郎。有《凤池园诗文集》。

---

① 栗里，地名，晋陶潜曾居于此。借指隐居处。

② 旧注："附曹秋岳司农溶原作：榔栎横担百不愁，飞梁古岸语溪幽。孤怀翻得云霄侣，逸格宁随汗漫游。挂钵书床山信午，餐香松圃雁痕秋。此生瓮牖多相困，独喜奇人更九州。"

过吴橙斋中翰黄叶村庄

无端滞京邑，丘壑时萦思。延陵构名园，旦暮冀见之。
缄书托晤对，未面成故知。归来便招寻，游谈惬素期。
抱孙已垂髫，二老相觌迟。不由摈相赞，邂逅知阿谁。
主人既倜傥，客亦无枝词。相将出城西，野趣罗纷披。
开径幽以折，回廊接平陂。当轩复夷旷，榆柳环清池。
短垣映修竹，杰阁临城陴。登眺生远心，烟树呈华滋。
密坐列酒肴，烛跋竟忘疲。剧谈溯今古，慷慨继嗟咨。
蕴负未得展，一发于歌诗。抽架示图卷，点染亦相宜。
柴桑已云渺，辋川空追维。往喆有遗躅，寄托每若兹。
苟无用世具，肥遁亦何为。岩廊与林泉，此理无殊施。
古人齐得丧，会意良在斯。君怀与古徒，慎毋薄今时。
浮云任来往，且进掌中卮。乘暇再过从，信宿安足辞。

（《凤池园诗文集》诗集卷一）

◎舒　位

（简介见前）

石门黄叶村庄

石磴萧萧草渐稀，亚垣环水出双扉。
两家风雨仍黄叶，一笛楼台记紫衣。

但问主人犹有竹，欲招隐士已无薇。

旧时丝管桃花路，曾许春莺自在飞。

（《瓶水斋诗集》卷三）

◎ 徐焕藻

徐焕藻，字伯平，号茗香，清桐乡青镇（今乌镇）人。桐乡庠生。援例得郎中，分刑部陕西司。丁父忧，不复出。经商沪上获厚利，富甲一乡。

颐园十二咏[①]·寿萱草堂

花荣竹茂总怡神，颐养山林白发新。

草自忘忧人自乐，北堂有母祝长春。

（《（民国）乌青镇志》卷十七）

◎ 劳乃宣

（简介见前）

题徐冠南颐园永怀图

台沼新营旧锡名，一邱一壑宛生平。

涧中鱼藻今追养，槛外莺花昔主盟。

---

① 颐园，在青镇（今乌镇东栅）化坛桥北，为清郎中徐焕藻建，园中有亭台阁榭山石花木之胜。

济美敬君堂构志，披图动我梓桑情。

便思蓑笠乘波去，双桨青溪画里行。

（《近代史所藏清代名人稿本抄本》第三辑《之劳乃宣档》）

◎郑　珧

郑珧，字郑圃，清休宁人。

过寄圃①

杜鹃声里日初迟，小径新阴步屧知。

坐爱风流对杨柳，起看花事到酴醾。

主人自笑身如梗，客子重来鬓有丝。

商略浮沤同一寄，樽前惟取醉深卮。

（《桐溪诗述》卷二十四）

◎朱　琰

朱琰，字桐川，别号笠亭，海盐人。清乾隆三十一年（1766）进士。后授直隶阜平县知县。有《金华诗录》《明人诗钞》《唐诗律笺》《笠亭诗集》。

① 寄圃，一作寄园，在邑治东北隅，清州同汪纯煐别业。本钱氏荷花池址。略加开凿，架木为桥，建亭于中央，筑山于池右，回廊曲径，茅舍竹篱，城市中有山林景象。后归举人程尚贤。

寄圃梅花寄圃桐乡程氏别业

修竹园亭傍水滨，寒梅几树不胜春。
丛花似解相思语，小圃偏宜逆旅人。
风定曲池清影落，雨晴孤岭暗香匀。
坐来不觉生愁望，曾向西泠寄昔尘。

（《笠亭诗集·后桐花集》）

◎李　集

李集，字绎初，又字敬堂，晚号六忍老人，嘉兴人。清乾隆二十八年（1763）进士，官郧县知县。有《愿学斋文钞》。

程氏诸子弟集寄圃为文酒之会率尔成此

园林三月俀芳妍，载酒论文乐静便。
燕子楼台新霁日，柳丝亭馆落花天。
鸥边群屐吟边席，鸟外风云竹外烟。
一种遥情寄何处，醉余长望益怆然。

（《桐溪诗述》卷二十四）

◎施汝华

施汝华，字秋岳，清石门（今桐乡）人。

寄　圃

楼台已尽曲池平，过客重来欲怆神。
独立苍茫寻画意，一行衰柳暮蝉声。[①]

（《桐溪诗述》卷二十四）

① 旧注：“圃为汪祖肩别业。祖肩工山水，得法于徐白洋。其圃中凿池叠石，即仿白洋画本成之。”

·古寺名刹·

“南朝四百八十寺，多少楼台烟雨中”。运河两岸的桐乡就有福严寺、密印寺、普静寺、福田寺等千年古刹，它们曾经香火鼎盛，历经千年风云，几度兴废，是古人留给我们的宝贵历史文化遗产，也承载了丰富的历史文化信息。与名刹对话，让我们懂得敬畏和感恩；和历史相知，让我们可以洞察时代的变迁。

◎ 莫若冲

（简介见前）

过崇胜院[1]

首岁融春十有秋，晓行犹自索貂裘。

身闲遂脱微官缚，市隐何如此地幽。

一水相望三里近，十年重到片时留。

买田拟作终焉计，真是飘然不系舟。

（《宋诗拾遗》卷十八）

◎ 施　儒

施儒（1478—1539），字聘之，号西亭，归安（今湖州）人。正德六年（1511）进士。官至广东兵备副使。有《学庸臆说》。

崇福宫早起

福地深深护紫霞，又看晴旭上窗纱。

川原入望连三郡，[2]鸡犬相闻及万家。

邃阁香灯消寂寞，小庭花木弄清嘉。

---

① 崇胜院，即崇福宫，在青镇（今乌镇）福兴桥北，俗名南宫。宋南渡后建造。绍兴七年（1137）获赐“崇福宫”额。元末后毁。明初重兴，永乐元年（1403）重建。弘治间复新之。康熙四年（1665）里人捐建灵官殿，并造山门。五十年（1711）建张仙殿。乾隆二年（1737）建三清、文昌两阁。咸丰间遭劫而殿宇无恙。

② 三郡，乌镇地处苏州、嘉兴、湖州三郡交界处。

闲身到此便栖息，一任流年鬓已华。

（《双溪诗汇》卷一）

◎ 杨万里

（简介见前）

崇德道中望福严寺[①]

一径青松露，三门白水烟。殿横林外脊，塔漏隙中天。

地旷迎先见，村移眺更妍。追程坐行役，不得泊春船。

（《诚斋集》卷二十九）

◎ 吴永芳

吴永芳，字椒堂，汉军正蓝旗人，康熙五十四年（1715）知嘉兴府。曾主修《嘉兴府志》。

福严寺

何处福严寺，回旋三两层。云蒸楼半失，钟吼月初升。

竹坞迷人径，花蹊露佛灯。沧桑多少事，闲说是山僧。

（《（康熙）嘉兴府志》卷十五）

---

① 福严寺，江南著名古刹，始建于南朝梁天监二年（503）。位于大运河东岸，今凤鸣街道。“旧有七级浮图，久废，后重建，复毁于元末”。千百年来，历代高僧苦心经营，终成高僧辈出、香火缭绕、灯烛辉煌的名刹。

◎顾　镡

（简介见前）

次吴郡侯游福严寺韵

避暑寻兰若，遥瞻殿几层。竹深随径转，亭迥觅阶升。

断续遥村笛，微茫远市灯。忽闻篱犬吠，渡口夜归僧。

（《（嘉庆）石门县志》卷九）

◎吴　树

吴树，石门（今属桐乡）人。清康熙四十五年（1706）进士，官常宁县知县。

次吴郡侯游福严寺韵

古寺开新赏，探幽得几层。竹深疑翠湿，亭迥指霞升。

帘动林东月，山移树里灯。胜游重辟处，一一付闲僧。

（《（嘉庆）石门县志》卷九）

◎张元枢

张元枢，字建洪，清桐乡人，邑庠生。

过福严寺

古寺藏村曲，新晴约伴游。到门松径晚，开圃竹林幽。

僧病关常掩，亭虚容易留。归来风色好，古渡月光流。[1]

（《续槜李诗系》卷十一）

◎姜　夔

姜夔（约1155—约1221），字尧章，号白石道人，鄱阳（今江西鄱阳）人，另一说德兴人。终生未仕，精通音律，其词格律严密。曾居湖州，有《白石道人歌曲》《白石道人诗集》《诗说》。

华藏寺云海亭望具区[2] 寺为张循王功德院

茫茫复茫茫，中有山苍苍。大哉夫差国，坐占天一方。

夫差醉莲宫，巨浪摇不醒。越师何从来，夺我玉万顷。

年年亭上秋，一笛千古愁。谁能知许事，飞下双白鸥。

（《白石道人诗集》卷上）

◎释居简

释居简（1164—1246），字敬叟，号北涧，潼川（今四川三台）人。俗姓龙（《补续高僧传》卷二四作王）。有《北涧集》《北涧诗集》《北涧外集》。

---

① 古渡，指福严渡，位于运河畔。

② 华藏寺，即利济寺，一作北利济院。在乌镇利济桥南。唐末为董昌桃花寨。宋南渡，循王张俊置庄于此，乃移寨皂林，改庄为香火院，始名华藏精舍。宋末改为利济寺。

凤鸣寺十八应真乃日本国所制密印僧典于沈氏沈施于凤鸣[①]

未素上金泥，云衣整稻畦。曾充僧典质，未到佛阶梯。

领众三韩北，分身两淛西。[②]一龛老风雨，谁与振幽栖。

（《北涧诗集》卷四）

◎ 朱大雅

朱大雅，字正之，号元渚，桐乡人。明万历三十七年（1609）举人。知祁门县，官至大理寺评事。

凤鸣寺闲步

六朝留胜迹，只此梵王宫。万木度幽磬，诸天照远峰。

那知清磵尽，别有碧山通。倏尔凉风发，溪明心亦空。

（《桐溪诗述》卷三）

◎ 李廷梧

李廷梧（生卒年未详），字仲阳，莆田人。明弘治十二年（1499）进士，曾任桐乡知县，后官至大理寺卿。有《壶塘集》。

---

① 凤鸣寺，原位于梧桐镇西门康泾塘东岸凤鸣路上。创建于后周广顺二年（952），后周显德间改为惠云院，明洪武间改为惠云寺，号称“桐溪第一山”。

② 两淛，亦作“两浙”，指浙东和浙西的合称。

凤鸣寺（选一）

梵宫佳木翠成阴，坐久偏生物外情。

绿树晓寒拖雨脚，苍松风定曳蝉声。

秋灯还似禅心细，尘世宁如佛境清。

万去本空身自幻，人间何事苦营营。

（《桐溪诗述》卷二十二）

◎ 蔡时鼎

蔡时鼎（1551—1592），字台辅，号调吾，漳浦人。万历二年（1574）进士，曾任桐乡知县，官至南京礼部祠祭司郎中。

惠云寺归值雨

作吏难同云惠物，偷闲半日岂寻常。

僧如燕子栖无定，室似蜂窠密可藏。

沼满几曾归凤浴，寺幽未许并龙翔。①

归途喜有随车雨，遍洒春膏润一方。

（《桐溪诗述》卷二十二）

◎ 杜　庠

杜庠，字公序，号西湖醉老，长洲（今江苏苏州）人。明景泰五年（1454）

① 龙翔，指位于凤鸣寺北炉头镇（今属乌镇镇）的龙翔寺。

进士，曾任攸县知县。有《楚游稿》《楚游江浙歌风集》。

题凤鸣寺

风雨潇潇宿凤鸣，僧房寂静有余清。

听来更鼓分明处，即是桐乡好政声。

（《桐溪诗述》卷二十三）

◎ 舒　瞻

舒瞻，满洲正白旗人，他塔喇氏，字云亭，号堃亩。清乾隆四年（1739）进士。历官浙江桐乡、平湖、海盐知县。有《桐溪小草》《柘湖诗存》等。

过凤鸣寺

独游云水乡，林间叩绀宇。乳凤何年飞，兹寺名尚古。

入门导僧雏，为我设茶具。溪声入竹房，佛烟时一聚。

荒塍绿毯平，浓阴如吹雨。坐久夕阳微，憺然忘归路。

（《桐溪诗述》卷二十二）

◎ 周拱辰

（简介见前）

福田寺礼石佛

野马踏空外，鸽翎剪古云。泫露泣蕉叶，孤光锁梅根。

灵锡卓瘦草，灯冷青沉沉。僧袍净如濯，蒲台倚松阴。
檐丝补天衣，妙香澹眉痕。绿螺摄星海，大地挝灵蕟。
万有一铜炭，劫火烧苍旻。奔电莽不及，鹃血吹游燐。
生灭超有漏，[1]嗟予堕迷津。皈依截肌髓，元感庶有存。
跪承白雪唾，化作玉稻芬。[2]点头愿顽质，灵光或慈民。
忏悔自兹始，掌上昙花新。

（《圣雨斋诗集》卷一）

◎ 唐世泳

唐世泳，字少游，号潜夫，明乌程乌镇（今乌镇）人，诸生。

福田寺石佛

时瞻象教托吴中，严饰辉煌敞梵宫。
满月当天诸相具，香莲出地宝池通。
金身化石谁常在，水面浮沤识本空。
我亦曾同心是佛，痴顽愿学点头功。

（《双溪诗汇》卷二）

---

① 有漏，佛教语，指世间一切有烦恼的事物。
② 旧注："《法苑珠林》：'文宣王于西第法堂礼佛，至心祈祷，佛唾其手，变为玉稻。'"

◎ 黄周星

黄周星（1611—1680），本姓周，名星，字九烟，又字景明，改字景虞，号圃庵、而庵，湘潭人，生于上元（今属南京）。崇祯十三年（1640）进士，授户部主事。有《夏为堂集》《制曲枝语》。

福田寺石佛（选一）

鼎立同根丈六躯，斫山巧匠世应知。

不知当日飞来意，比较鸿毛重几铢。

（《双溪诗汇》卷二十一）

◎ 范成大

（简介见前）

乌戍密印寺[①]

青堆溪上水平堤，[②]绛瓦参差半掩扉。[③]

我与圣公俱客寓，[④]人传帝子尚灵威。[⑤]

---

① 密印寺，俗称东寺，在青镇（今乌镇）中市。以乌镇有普静寺为西寺也。梁天监二年（503），昭明太子舍建为吴德寺，后改名贤德，故祀昭明为伽蓝神。唐咸通间敕赐“悟空禅院”。宋大中祥符元年（1008）赐密印寺额。大殿东有昭明书馆。榜曰“昭明读书处”。旧注：“乌戍即今乌镇，青堆即今青镇。”

② 旧注：“乌堆东岸谓之青堆。”

③ 旧注：“殿用纯红瓦色烂然。”

④ 旧注：“圣翁本汀州白衣岩主，号定光佛者，连南夫知州载神像归寄于寺之藏前，香火萧然。”

⑤ 旧注：“寺有昭明太子祠。”

胜缘龃龉三重障，[1]志士辛勤十载归。[2]

花木禅房都不见，但余蝙蝠昼群飞。[3]

（《石湖居士诗集》卷四）

◎ 汪文桂

汪文桂，字周士，号鸥亭，清桐乡人，贡生。有《鸥亭漫稿》。

晚过密印寺

长林初过雨，佛火近黄昏。钟磬传虚阁，莓苔上短垣。

僧归仍倚树，客到始开门。吾亦爱禅寂，无嫌静夜论。

（《桐溪诗述》卷五）

◎ 厉　鹗

厉鹗（1692—1752），字太鸿，又字雄飞，号樊榭、南湖花隐等，钱塘（今浙江杭州）人。康熙五十九年（1720）举人，乾隆元年（1736）举博学鸿词落榜。有《樊榭山房集》《宋诗纪事》《辽史拾遗》。

归舟力疾游乌戍三寺各得绝句二首

密印寺梁昭明太子读书处

青墩乌戍近比连，蟹舍菱塘绕一川。

---

① 旧注："东佛阁三造不成，今据见材，取次成之，犹殊胜。"
② 旧注："钟楼乃一僧束发为商，走川广，得钱二万缗，凡十年，复髡而归，楼始成。"
③ 旧注："僧房皆为狭门，深洞极暗，行百余步，不辨人。"

病客爱来寻古寺，前生或有打包缘。

（《樊榭山房续集》卷六）

◎行　明

行明，字养拙，明蒲东人。

题密印寺

大沩青不了，一寺此中开。鸟向坐时语，云从吟处来。

众僧禅已定，新赋苦难裁。阁笔一长啸，悠然更上台。

（《桐溪诗述》卷二十四）

◎吴梦旸

吴梦旸，字允兆，归安（今属湖州吴兴）人。生卒年不详，布衣。有《射堂诗抄》。

过密印寺

到寺尚闻喧，钟声落市门。空除容竹寮，香积引溪源。

断酒杯休设，谈诗稿悔存。问僧僧不对，仆仆自知烦。

（《（民国）乌青镇志》卷十六）

◎ 高　翥

高翥（1170—1241），初名公弼，后改名翥，字九万，号菊涧，余姚人。以布衣终身。有《菊涧小集》《南宋群贤小集》《信天巢遗稿》。

乌镇普静寺沈休文故居也[①]

寂寞梁朝寺，深廊十数间。碑存知殿古，香冷觉僧残。

断岸舟横浦，平坡树补山。休文如好在，依旧带围宽。

（《菊涧小集》）

◎ 张师范

张师范，字司谏，号蒿村，桐乡人。清雍正戊申（1728）岁贡。有《平台纪》《花外集》《谷堂稿》。

题普静寺

一曲荆篱护板扉，蒲团留我坐忘机。

寻常斋钵僧分得，潇洒轩窗客到稀。

好鸟春深犹弄舌，绿阴雨过欲黏衣。

三生若了闲公案，何处云台与钓矶。

（《（民国）乌青镇志》卷十六）

---

① 普静寺，位于乌镇河西广济桥东，创建于梁天监二年（503）。俗称西寺。唐咸通时改名“光福寺”，吴越王时改称今名。

◎ 严　锦

严锦，字云谷，号公绣，桐乡青镇人。清同治六年（1867）副贡。有《懒云楼诗钞》。

人日饮普静寺僧舍

谁解题诗寄草堂，且随飞锡过禅房。

市声不碍经声静，花气难分酒气香。

最好新年稀雨雪，岂容俗客杂冠裳。

金仙真迹今重现，只惜传家砚久忘。[①]

（《（民国）乌青镇志》卷十六）

◎ 姚　衮

姚衮，字叔信，号元岳，一号西郭翁、玄岳山人。明秀水（今嘉兴）人。有《元岳山人诗选》《咏物诗》。

同戚符卿登福善寺佛阁[②]

宝阁标雄镇，丹梯蹑虚空。晴原一以眺，春日乍舒融。

烟云灭苍蔼，竹树回青丛。市廛相合沓，楼榭复玲珑。

环流一水湛，旷野千林通。随喜谐朋好，参玄究宗风。

---

① 旧注："寺毁于寇乱，惟古铜佛尚存，旧有先大父手书'西方真迹'四字额。"

② 福善寺，即香海寺，元濮鉴舍宅所建，大雄宝殿有赵孟頫题梁。其方丈室名"五鹤堂"。康熙时敕赐名"香海寺"。

少刺捐故宅，[①]两师居禅宫。[②]积善恒为念，崇福在厥躬。
世界幻尘外，人天清净中，冥心自兹适，观化入无穷。[③]

（《（民国）濮院志》卷十一）

◎ 濮翰圻

濮翰圻，字景驾，天辉子，濮院人。工书善鉴。明天启间由雍贡授别驾，高隐不出。

登福善寺佛阁

蹑级凭凌意黯然，俨登兜率望诸天。[④]
云光倒接低尘界，海色平铺到法筵。[⑤]
夜月机丝千劫地，[⑥]秋风禾黍万家田。
早知庞老能空有，[⑦]共坐蒲团说往年。

（《（民国）濮院志》卷十一）

---

① 少刺，代指濮鉴。
② 旧注：“僧月溟、月庭居之。”
③ 观化，观察事物之变化。
④ 兜率，佛教谓天分许多层，第四层叫兜率天。
⑤ 法筵，佛教语。指讲经说法者的座席。引申指讲说佛法的集会。
⑥ 千劫地，佛教语。指旷远的时间与无数的生灭成坏。劫多指无数灾难。
⑦ 庞老，指汉末庞德公。

◎ 濮龙锡

濮龙锡，字九上，号懒云，诸生。肆力诗古文词。授徒讲学以终其身。

游福善寺

带水环廛古刹幽，飞阑木杪寄层楼。
传灯一点千年意，问法三车万古留。[1]
禅磬清音花坞晚，贝经残韵竹龛秋。
独为君子名犹在，伯仲重过此地游。

（《桐溪诗述》卷三）

◎ 杨培立

杨培立，号春堤，清秀水新塍人，客濮院濮承钧家。善画。与董棨同为石门方薰弟子。

游香海寺

桥隔尘逾远，冥冥水石重。松高自留鹤，潭古旧藏龙。
顿觉心无垢，惟闻云外钟。梁间访遗妙，松雪有题踪。

（《（民国）濮院志》卷十一）

---

① 三车，佛教语，喻三乘，见《法华经·譬喻品》。

◎ 吕希周

（简介见前）

宿演教寺汎上人房谈李尚书舍宅事[①]

野寺烟霞赏，香床鸾鹤来。梵轮花底转，佛日镜中开。

高士新莲社，尚书旧柏台。昙摩与居远，共尔日悠哉。

（《东汇诗集》卷二）

◎ 徐宝谦

（简介见前）

游演教寺

为访保安寺，携童松径行。尚书留旧址，处士问长生。

地僻鲸钟响，天清鸟弄晴。欲上千佛阁，路已白云凝。

（《语溪诗系》）

◎ 汪绍焻

汪绍焻，字炽南，号鹤桴，清桐乡人。由贡生官礼部行人司行人。有《金陀吟稿》。

---

① 演教寺，位于今高桥街道，始创于后晋天福八年（943），名保安院，宋治平初改为今名。

偕友人游龙翔寺[1]

古刹扁舟过，秋来热倍增。但当乘兴往，何必定逢僧。

松下壶觞好，溪边笑语腾。儿童归太急，傍夜地燃灯。

（《桐溪诗述》卷六）

◎ 释篆玉

释篆玉（1688—1767），字让山，号岭云，仁和（今杭州）人，俗姓万。年十七脱白于龙翔寺。晚年仍卓锡龙翔寺八年。有《诗堕》《南屏续志》。

秋日入龙翔寺欠筛堂作

湖山与我最缘深，又被人招过皂林。

且喜桑麻成野趣，略无酬酢废清吟。

西畴稻可腰镰刈，苇岸秋堪打桨寻。

闲仗庭前柏树子，任渠来问祖师心。

（《桐溪诗述》卷十九）

◎ 徐　晞

徐晞，字若初，一字赤岩，清桐乡濮院人。国子生。工画法，精篆刻。有《赤岩集》。

---

① 龙翔寺，位于原炉头镇（今乌镇）之南，本为吴越时淮海王钱椒祖祠。旧为龙吟寺，于宋大中祥符元年（1008）改称宁国院，洪武年称龙翔寺，有小九华之称。

辛亥暮春送豁眉人人主席龙翔

龙潭一片席，无计得迟留。芦折看飞渡，台空不恋邱。

同听三月雨，期泛五湖秋。所谓伊人远，邮筒贮近愁。

（《濮川诗钞·赤岩集》）

◎ 沈孔键

（简介见前）

送解上人住龙翔

仙姨催花落平地，神龙夜卷天河水。

何人折苇渡海来，密将真谛开临济。

龙潭老僧庞眉翁，双瞳炯炯照碧空。

手中藤杖冷于铁，愿挈多生登净业。

平生见惯喜相得，昨日相逢惨离色。

自言结夏甑山头，[1]龙潭潭水空悠悠。

何能瓦钵从师去，一轮明月澄清秋。

（《濮川诗钞·柴门诗钞》）

---

① 甑山头，谓龙翔寺所在的炉镇。

◎陈　序

陈序，字仲伦，号静学，青镇（今乌镇）人。明永乐庚子（1420）举人。历官枝江、龙阳、章江教谕二十八年，终无锡知县。

过乌将军庙①

偶然池上谒灵祠，佳气葱茏自昔时。

高栋接云形突兀，重檐映日影参差。

乌溪人重勋臣迹，白石碑遗俊士词。

总赖此方昭显格，遍罗兵火独无危。

（《重修乌青镇志》卷五）

◎颜如愚

（简介见前）

王绍白拉过乌将军庙有酌

春日久晴天雨好，王乔拉伴礼佛早。

更携佳酿饮花前，划然长啸不知老。

（《重修乌青镇志》卷五）

① 乌将军庙，位于乌镇市河西岸剧场北面，传为纪念唐乌赞将军当地乡民集资建造，庙内有一唐代银杏树。

◎ 嵇元夫

嵇元夫，字长卿，号竹城，明乌镇人。有《白鹤园诗集》。

李谏议重修寿圣塔（选一）

往事成遗址，逢时起胜缘。跻攀成倒景，结构逼诸天。
吴楚凭栏尽，星河拂槛悬。欲参方便慧，皈仰李青莲。

（《双溪诗汇》卷一）

◎ 夏　爊

（简介见前）

初夏同彻公登宝阁①

携手宝阁游，凭栏俯百里。碧浪失渺茫，苍岩藐培塿。
铃风层空来，梵响重云起，我欲从远公，趺跏研妙理。

（《双溪诗汇》卷一）

① 宝阁，即宝阁寺，在青镇（今乌镇）密印寺西，本为密印寺之藏经阁。宋庆历间，密印僧如宾建华严宝阁，熙宁二年（1069）延晋水法师讲《华严经》于此。有天花飞至高丽国，花瓣文成“晋水”二字。国王遣僧统义天来传宗旨。元至正间兵火毁寺。明洪武十七年（1384）重建。董其昌题额“华严墨海”，陈继儒有记。康熙间僧斯明精通岐黄，善为疡医，从此传为世业。

◎张　镐

张镐，字芑芗，清桐乡炉镇（今乌镇）人。

春日过清河禅院[①]

东风吹客袂，一径薜萝深。春涨到门绿，松涛满壑阴。

闲云适鸟性，潭水印禅心。太息高僧去，萧条翰墨林。[②]

（《耐冷续谭》卷四）

◎方　岳

方岳，字岱瞻，号古愚，清桐乡诸生。有《古愚诗钞》。

秋日顾松泉邀严石帆蔡苹门陈西园孙古杉过清河禅院小饮

城南携屐扣禅关，双树当门水一湾。

秋老客随疏雨至，溪幽僧共野鸥闲。

清尊纵饮狂犹昔，素侣欣逢鬓已斑。

谁向蒲团参妙谛，拈花香案且开颜。

（《桐溪诗述》卷十四）

① 清河禅院，即清河庵，在桐乡县城南门外，旧系叶氏家庵。明嘉靖间僧梵机建，雍正四年更名清河，内有竹隐轩、莲馥居、修篁坞、松风水月诸胜。

② 旧注："谓啸霞上人。"

◎顾　修

（简介见前）

晓过清河禅院

城南不里许，隐隐见修竹。桑麻水外村，荫染须眉绿。
行行见茅庵，四围云作屋。戒珠失旧名，老衲遗高躅。
我来访达公，达公海上宿。杯渡复何人，[1]土室若空谷。
不闻城市喧，但觉豁心目。香厨春蔬佳，携友共剪烛。
松际下斜阳，幽然山一角。

（《桐溪诗述》卷二十一）

◎沈家鹤

沈家鹤，字东皋，号梦闲。清桐乡布衣。有《东皋小草》。

过清河庵

古寺仍连郭，闲来兴不赊。水澄溪曲抱，境静树遥遮。
得意惟修竹，吟诗正落花。悠然尘物外，潇洒是僧家。

（《桐溪诗述》卷十七）

---

① 杯度，晋宋时僧人，不知姓名。后因以称僧人出行。

后　记

从接受任务，到完成初稿，前后历时一年多。这一年多的时间，我将业余时间全部放在这本书上。为了查阅各种资料，想尽办法，但宥于时间与条件，很多资料未能收集，留下许多遗憾。

说来惭愧，我不会作诗，只是喜欢传统诗歌，痴迷乡土历史，立志寻找桐乡运河文化的历史碎片。想当初盛情难却，贸然答应，而今现学现卖，整出这本书，实在汗颜！

此书能出版，感谢中华书局的刘楠老师，特别是许庆江老师，是他们的精心校勘，为我藏拙，铭感无既！感谢乡贤李裕民先生，他认真点校书稿，提出许多宝贵意见，避免了一些常识性错误的发生，在此深表谢意！感谢俞尚曦先生，是他转辗通过他人，想尽办法，为我觅得朝思暮想的《双溪诗汇》，从而为本书添色！桐乡图书馆的夏春锦先生和地方文献室也给予大力协助，在此一并致谢！

这一年中，我的妻子全力照顾因染上新冠阳性几度病危的岳父，多少个不眠之夜，我岳父命悬一线，但她却不抛弃、不放弃，最后也许是感动了上苍，奇迹出现，现在我岳父终于回家与家人团聚。这事也让我明白一个道理，只要有希望，人生才有无限的可能，只要不放手，就要更真诚、笃定、无怨无悔地继续我的路。这一年，我的女儿虽在香港读博，但她仍然十分牵挂本书的编著，多次提供各类诗集并提出意见。在此对妻子、女儿的大力支持，表示我最真诚的谢意！

回过头来看本书，觉得不尽如人意处很多，敬请读者批评指正。

陈勇于 2023 年 12 月

主要参考书目

《全宋诗》（傅璇琮、倪其心等主编，北京大学出版社 1998 年）
《宋诗钞》（清吴之振、吕留良、吕自牧等编，中华书局 1986 年）
《全明诗》（章培恒、李灵年等编，上海古籍出版社 1990 年）
《全元诗》（杨濂主编，中华书局 2013 年）
《明诗综》（朱彝尊编，中华书局 2007 年）
《列朝诗集》（钱谦益编，顺治九年汲古阁刻本）
《清诗纪事初编》（邓之诚编，上涨古籍出版社 1984 年）
《清诗纪事》（钱仲联主编，江苏古籍出版社 1987 年）
《清诗铎》（张应昌编著，中华书局 1960 年）
《晚晴簃诗汇》（徐世昌编，中国书店 1989 年）
《槜李诗系》（沈季友编，上海古籍出版社 1990 年）
《两浙輶轩录》（清阮元、杨秉初撰，浙江古籍出版社 2012 年）
《两浙輶轩续录》（清潘衍桐撰，浙江古籍出版社 2012 年）
《宋咸熙集》内含《桐溪诗述》（清宋咸熙著，浙江古籍出版社 2021 年）
《桐乡诗抄》（清卢景昌编，手抄本，藏国家图书馆善本书号 01793）
《石门诗存》（《清代稿抄本》第 46 册，广东人民出版社 2007 年）
《石门诗存》（屈元爔辑《浙学未刊稿丛编》第一辑第九十八册，徐晓军主编，国家图书馆出版 2019 年）
《双溪诗汇》（孔宪采编，孔氏南宗文献丛书，吴锡标主编，国家图书

馆出版社 2021 年）
《濮川诗钞》（沈尧咨、陈光裕辑，民国二十一年石印本）
《（正德）桐乡县志》（任洛编，桐乡图书馆藏手抄本）
《（康熙）桐乡县志》（仲弘道纂修，桐乡图书馆藏）
《（光绪）桐乡县志》（严辰纂，光绪十三年刻本）
《（康熙）石门县志》（邝世培等编，桐乡图书馆藏）
《（光绪）石门县志》（余丽元等纂修，光绪五年刻本）
《濮院志》（夏辛铭纂，民国二十六年刊本）
《濮川志略》（明濮孟清纂，中国地方志集成本）
《濮录》（明濮孟清纂，中国地方志集成本）
《重修乌青镇志》（明李乐编，万历二十九年刻本）
《（乾隆）乌青镇志》（董世宁主修，乾隆二十五年刻本）
《乌青镇志》（卢学溥修，朱幸彝等纂，民国二十五年刻本）
《桐溪纪略》（程鹏程编，嘉庆年间刻本）
《桐乡历代诗钞》（张森生编，浙江人民出版社 2014 年）
《崇福镇志》（俞尚曦主编，中华书局 2013 年）
《福严寺志》（俞尚曦主编，中华书局 2018 年）